動物になる日

前田エマ

もくじ

動物になる日……3
うどん……57

動物になる日

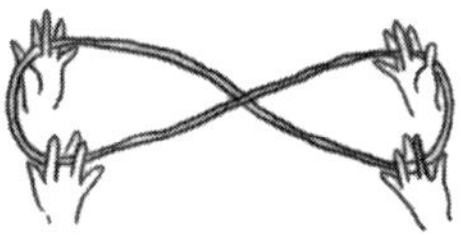

1

ユミちゃんは、私の世界の全部だった。

ユミちゃんと初めて出会った日、世界がやっとはじまったと思った。

最初の出会いは、幼い頃に通っていたピアノ教室。

家から自転車を走らせて十分ほどのところにある、こぢんまりとした古いマンションの一階の角部屋が、ピアノの先生の自宅兼教室だった。

教室には小さなベランダがあって、先生はそこをちょっとした庭のようにしていた。ベランダは錆《さ》びついた白いフェンスにぐるりと囲《かこ》われていて、それにはドアのようなものがついている。私はいつもそこからベランダを通り抜けた。

ドアを開けるたびに白い塗料がペリペリと剝《は》がれ落ち、私の手を汚す。

ベランダにはいつも、所狭しとさまざまな植物が生い茂っていた。印象に残っているのは、小さなオレンジ色の実をつける木だ。先生は毎年、実がなるたびに食べさせてくれたけど、酸っぱくも甘くもないみかんのようなそれは、味わうことを放棄させるような味がする。冬の終わりには白い梅の花が咲いた。春には赤いチューリップ。夏にはひまわり。ときどきハチに遭遇するのが怖かった。パンジーや薔薇《ばら》の花も見たような気がするけれど、あれはいったいどの季節だったのだろう。

その日は、金木犀《きんもくせい》がさわやかなふりをした甘ったるい香りを空気にのせていた。私は小学四年生だった。

防音設備を施《ほどこ》していても、教室からはピアノの音がかすかに漏れる。ベランダを歩く私の鼓膜を、布に包んだようなくぐもった音がぼんやりと震わせた。その音に導かれるようにガラス張りの窓を開けると、ピアノの音は急に輪郭をあらわし、それが音楽であったことを私に知らせた。

窓際には黒色のストラップシューズが、きちんと揃えて置かれている。私はその横に自分の履いてきた水色の運動靴を並べた。同じくらいの大きさだった。音を立てないようにそっと窓を閉め、中へ入った。

先生が教室として使っていたのはリビングルームで、グランドピアノを一台置くと、もうほとんどスペースがない。てかてか光るそのピアノのまわりには、レコードや楽譜、漫画、外国のクッキー缶、ガラスでできた猫の置き物、折り紙で作られたくす玉、箱に入ったままの人形などが、棚の中には収まりきらずに、床の上に積み上げられたり並べられたり飾られたりしている。少しでも足がぶつかると崩《くず》れてしまうので、気をつけて歩かなくてはならない。ときどき窓から差し込む陽の光が、ステンドグラスで作られたランプシェードや、オルゴールに貼りついた赤や青の透明なビーズを通り抜けて、リビングの中にきらきらと落ちてくることもあった。

先生はどうやら歌手をしているようで、教室の壁には毎年行われているらしいリサイタルのポスターがたくさん貼ってあった。普段はウエスト部分がゴムになっているズボンと、毛玉のついた靴下を履いている先生が、ドレスを着て化粧をしてポスターに写る姿は、なんだかニセモノのような感じがする。先生がいくつなのかはわからなかったけれど、私の母よりは年上で、祖母よりも年下だったと思う。ポスターは昔のものから最近のものまであって、そのときどきのいろんな年齢の先生が写っていた。私はそれをあまり見ないようにした。

古びた宝物箱みたいなそのマンションの一室で、私はユミちゃんと出会った。初めて見たユミちゃんは、ピアノの前に置かれた椅子に座っていた。ユミちゃんのまあるいおでこがほのかに白く発光しているように見えた。つるんとした白い石のような、真っ白い鳩がくるんと丸まっているような、固いのかやわらかいのかよくわからない、初めて見る質感。

先生がお手本を弾いて、それを真似てユミちゃんも鍵盤を触った。指の腹で鍵盤を押しては離すという動作が繰り返される。それはとてもていねいな動きだった。今にも破れてしまいそうなほど薄くてやわらかなユミちゃんの皮膚が、みずみずしい肉体を指先までふわっと包み込む。その指先はおそらく少し湿っていて、鍵盤にかすかにひっつく。ひっついた接点から伝わった音の振動が、華奢《きゃしゃ》な骨で構築されたユミちゃんの身体に共鳴しているような気がした。ピアノの音が、まるでユミちゃんの身体から鳴っているみたい。ユミちゃんの音が、私の耳をくすぐった。

その姿を見ていると、おへそよりも少し下のもっと奥のほうが、じんわりとあたたかく疼《うず》くのを感じた。恥ずかしいような、もっとほしいような、奇妙な感覚だった。

ユミちゃんが指を動かすたびに、小さな肩が不器用に上下する。その様子を私はぼーっと眺めていた。それは、熱を出した子どもがぼんやりと一点を見つめ続けるような、当てもない眼差しに似ていたと思う。先生は窓のそばで立ち尽くす私に、座って待つように目で促《うなが》した。私はリビングの隅に置いてあった華奢な脚のついた、背の低いゴブラン織りの椅子にこしかけた。思っていたよりも椅子は硬《かた》く、私は少し驚き「あっ」と小さく声を出した。ユミちゃんは一瞬、こちらを振り返ったけれど、またすぐに前を向いてピアノを弾き続けた。

どれくらいそこに座っていただろうか。視界が少し暗くなった気がして見上げると、いつの間にかユミちゃんが目の前に立っていて、私のことを眺めていた。ユミちゃんの眼球は粘度を持ったとろんとした水分で覆われ、その瞳をガラス玉のように輝かせた。私は自分の喉《のど》がとても渇くのを感じた。身体中の水分が、ユミちゃんに吸い取られていくようだ。

「きいちゃん、先週から通うことになったユミちゃんです。同い年よ」

ユミちゃんはこの街から電車で三十分くらいのところに住んでいるという。小学校へも電車に乗って通っているらしい。先生が教えてくれたユミちゃんの学校の名前を、私は聞いたことがなかった。家に帰って母にたずねると「ああ、あのお嬢様学校ね」と言った。


ピアノのレッスンの日はユミちゃんに会える。初めて会ったこの日から、私はユミちゃんのレッスンが終わる少し前に教室へ行き、ユミちゃんが終わると先生が出してくれるお菓子を一緒に食べた。お菓子は、缶に入った外国のチョコレートやクッキーで、シナモンが振りかけてあったりレーズンが入っていたりして、大人のおたのしみのような味がした。私はそれがあまり好きではなかったので、なるべく味わわないようにジュースで流し込みながら食べた。ユミちゃんとは挨拶《あいさつ》程度しか会話を交わさなかったけれど、居心地の悪さを感じたことはなかった。先生はいつもユミちゃんが食べ終わるのを待たずに、私のレッスンをはじめる。ユミちゃんは一口がとても小さく、食べるのが遅い。上品にゆっくりとお菓子を食べるユミちゃんに、自分の演奏を聴かれるのがとても嫌だった。

2

その年の十二月のことだった。ピアノ教室から帰宅し、レッスンバッグから楽譜を取り出していると、赤い封筒が出てきた。クリスマスカードだった。

カードを開くと、飛び出す絵本のように、立体的なクリスマスツリーが立ち上がった。雪で覆《おお》われた白色のクリスマスツリーには、金色のちいさな星が散りばめられていた。カードの右下には小さな文字でメッセージが書いてあった。

「きいちゃん、メリークリスマス！　ピアノがんばろうね　由実」

その一通をきっかけに、ユミちゃんと私は手紙をやりとりするようになった。

それぞれがレッスンをしている間に、こっそりバッグに手紙を忍《しの》ばせる。ユミちゃんの書く文字は上手いとはいえず、下手というよりもていねいに書くことにまったく興味がないようだった。ユミちゃんが手紙を書いてくれるレターセットは、クラスメイトの女子たちが使っている、うさぎやくまのキャラクターのものではなく、四つ葉のクローバーやマーガレットが水彩絵の具のようなタッチで描かれた美しいものだった。

私たちがやりとりした手紙は、お互いの自己紹介からはじまった。何人家族なのか、好きな教科、嫌いな教科、好きな食べ物、苦手な食べ物、好きな色、どんな習い事をしているのか。それから、少しずつ学校の話をした。ユミちゃんの通っている学校は〝女子校〟というものだった。女と男を分けた空間が、トイレや銭湯以外にもこの世界にあるなんて、私は考えたこともなかった。なのでユミちゃんが手紙に書いてくる学校生活を、上手く想像することができなかった。

それからしばらくすると、ユミちゃんは手紙と一緒に少女漫画を貸してくれるようになった。漫画には異常なほど目が大きな女の子が描かれていて、なんだかきらきらしていた。私がこれまでに読んだことのある漫画は、床屋の待合室に置いてあるギャグ漫画だけだった。髪を切る父を待つ間、床屋のおじさんがいつも渡してくれる。黄ばんだその漫画を私は適当にパラパラめくって、すぐにその辺にほったらかしにした。

ユミちゃんが貸してくれる少女漫画は、だいたいすべて似たような内容で、近くにいる男たちの中からたったひとりを選ぶ話だ。男たちを自分にとって大切な順に並べて、その中でいちばんの男に対して告白をするか告白をされるかして、それが受け入れられると〝付き合う〟という契約を交わし、そうして物語は終わる。主人公の女は選んだ男と気持ちが通じ合うと、この上なく幸せそうに喜び、その男と一緒にいると、胸が高鳴り顔が赤くなったりする。

私は少女漫画に夢中になった。知っているような、しかしまだ体験したことがないような、やわらかくて恥ずかしくて切ないヘンテコな感覚。それを私は飽きもせずに何度もめいっぱいに吸い込んでは吐き出してみた。

いつか私にも、この懐かしくてあたらしい感情を、胸の中にひとつひとつ並べて愛しんだりぐしゃぐしゃにしたり捨てたりする日がくるのだろうか。

ピアノのレッスンへ行ったある日の夜、いつものようにユミちゃんからの手紙を開けて読んでいると「きいちゃんの学校には、男の子がいるんだよね。きいちゃんは好きな人いますか?」と書いてあった。

〝好きな人〟とは、踏み絵のような言葉だと思う。

クラスメイトの女子たちも、お互いによく好きな人をたずね合っている。その答えは彼女たちにとって、自分たちの仲間かどうかを仕分ける際の重要事項になっていた。好きな人がいる子は仲間。いない子は仲間のふりをしてもらっているだけで、本当の仲間にはなれない。だから、好きな人がいるふりをする子も何人かいるようだった。私は誰かの仲間になりたいと思ったことがなかったので、好きな人がいてもいなくても、特に問題はなかった。

ただ、ユミちゃんが貸してくれた少女漫画を読んでいて、思い当たる節をひとつ持っていることをぼんやりと感じていた。

少女漫画のコマの余白には、キュンとかドキッという擬音が文字で書かれていたり、主人公のまわりを飾りたてるように花のイラストがふわふわと描かれている。

一年前のあの感動がキュンであるならば、私には好きな人がいると思ったし、あの人が初めての好きな人だったとしたら、それはとても素敵なことだなと思った。そしてあの体験を大切に抱えて生きていきたいと思った。

少女漫画を読めば読むほど、あの日のキュンが確信に変わっていくような気がした。もしかしたら少女漫画の読みすぎで、無意識のうちに自分の感情に名前をつけようとしていたのかもしれない。しかし、それでもいいとさえ思うようになっていた。


「私には好きな人がいます」

この手紙のユミちゃんからの返事は、今までと少し違うものだった。

「きいちゃん、お返事ありがとう。今度、私のおうちに遊びに来ませんか？」

封筒には、ユミちゃんのお母さんが書いてくれた地図も入っていた。

二週間後の日曜日。ユミちゃんの暮らす駅まで、私はひとり電車で向かった。

ユミちゃんの住んでいるマンションは駅の目の前に建っていて、ビルのように大きかった。入り口には警備員が立っていた。中に入るとホテルの受付のようになっていて、首にスカーフを巻いた女の人が私に向かってお辞儀をし、何か挨拶の言葉を言った。そのまま進むと水族館にあるような水槽があって、カラフルな魚がたくさん泳いでいた。エレベーターの中には椅子が置いてあり、上のほうには小さなテレビがついていた。

ユミちゃんの家の中は、白かった。壁とドアは真っ白だったし、床とテーブルは白い石みたいな素材でできていた。カーテンやクッションは白ではなくグレーやベージュで、ユミちゃんの使うタオルやスリッパなどは、薄いピンク色で揃えられていた。

ユミちゃんのお母さんがチーズケーキを出してくれたので、四角い石みたいなテーブルで食べた。テーブルに腕がつくと、ひやっとして気持ちが悪かったので、なるべく触れないように気をつけながら食べた。ユミちゃんはチーズケーキをあっという間にたいらげた。ユミちゃんは食べるのが遅いのだと思っていたので少し驚いた。私がチーズケーキを食べるのは、人生で二度目だった。

チーズをおやつに食べるのはやっぱり変な感じがした。

チーズケーキを食べ終えると、ユミちゃんの部屋へ通された。ユミちゃんがドアを開けると、イヌが飛び出してきた。白くて小さなイヌ。顔のまわりを囲むように、ふわふわした毛がついていて、顎《あご》の下の毛は長く、よだれ掛けをつけているようにも見える。

「モコ、きいちゃんよ」

ユミちゃんはイヌを拾いあげ、何度も手のひらでイヌの毛だか身体だかを撫《な》でる。その度に白い毛が抜け、何本かが宙を舞った。

部屋のドアを閉めると、ユミちゃんはさっそく私の好きな人の話を聞きたがったので、話してあげた。


小学三年生の学校帰りのことだった。その日は朝から、生ぬるい雨がやさしく降り続いていた。家の方向が同じ同級生たちと歩いていると、公園の前のアスファルトの道路に白いネコが横たわっていた。近づいてみると、それは死んだネコだった。ネコからは血が流れていたのかもしれなかったけれど、赤い液体を見た記憶はない。雨で血は流されてしまったのかもしれない。とにかく真っ白なネコだった。私は同級生の三人と、公園の向かいの角にあるタバコ屋の陰に隠れて、ネコの行く末を観察することにした。そのタバコ屋はずいぶん前に潰《つぶ》れていて、空き家になっていた。

この道は、あまり人が通らない。通ったとしても、ほとんどの人は自転車に乗っていたので、ネコに気を留めなかった。十五分くらい経った頃、ゴミ収集車が私たちの前を通過した。そのゴミ収集車は公園を少し過ぎたところで突然止まった。すると、中からレインコートを着た男がひとり降りてきた。男は通り過ぎた道を戻り、ネコのところに駆け寄っていき、持っていた黒いゴミ袋にネコを入れ、それをゴミ収集車の後ろのくるくる回っているところに放り込んだ。二回転くらいしてゴミ袋が姿を消したのを見届けると、男はまたゴミ収集車に乗り、その場を去った。

ゴミ収集車が見えなくなったあとも、私たちはしばらく黙ったまま、死んだネコがさっきまで居た場所を見ていた。沈黙に飽き、隣を見ると、ピンク色の傘を差していた子が涙を流していた。それに気がついた黄色の傘を差していた子が、「ぼくたちでそこの公園に埋めてあげればよかった」と言った。すると別の子も「かわいそう」と言って、涙目になった。

なぜゴミになったことを悲しむのだろう。私は三人にぎょっとした。死んだネコはゴミなのに。ネコが交通事故で痛い目にあって死んだことは、確かにちょっと気の毒だったかもしれないけれど、人間だって死んだらゴミだ。燃やされて灰になって、煙が空にのぼっていく。

もしかしたら三人は、ネコが臭《くさ》いゴミと一緒に燃やされることをかわいそうだと言っているのだろうか。でも、ネコの嗅覚がいくら鋭くても、死んでしまったら機能していないだろうし、ネコだって死んで時間が経てば、生ゴミとかと比べものにならないような、鼻を塞《ふさ》ぎたくなる臭いを発生させるだろう。私は幼い頃に図書館で何度も借りて読み返した、動物の死体の写真絵本を思い出した。

このとき私は、さっきのゴミ収集車に乗っていた男に、不思議な感情を抱いていることに気づいた。喉の奥がぎゅうっと狭まっていくような、それなのにほんわりとあったかい妙な感覚。私の心をゴミ収集車の男が守ってくれたような気がして、〝味方〟という言葉を初めて使いたくなった。男はツバのある帽子を深く被《かぶ》っていたし、遠くからだったので顔はよく見えなかったし、年齢だってわからなかった。それでも私の心はキュンとした。

ユミちゃんは、

「それって同志ってことだよ！　心のパートナーってことだよ！　それは好きな人よりも、もっとすごいことだよ！」

と言った。私はなんだか照れ臭くなって、それと同時に少し誇らしい気持ちになった。

ユミちゃんの家をあとにするとき、ユミちゃんとお母さんが玄関まで見送ってくれた。ユミちゃんのお母さんは、さっきの白い小さなイヌを抱いていた。

「モコもきいちゃんにバイバイしようね」

ユミちゃんはそう言って、イヌの手を握って左右に揺らした。イヌは舌を出して、ハアハアと呼吸していた。

「お邪魔しました」

私は玄関のドアを閉めた。

3

小学五年生の七月、防災について学ぶ授業があり、地震に備えることの大切さについて作文を書くことになった。

鳥の木

五年三組　山下きぬ子

私の住んでいるマンションの前には、大きな木が立っています。その木からは、いつもたくさんの鳥の鳴き声がします。台風や嵐の次の日の朝、その木の下へ行くと、鳥が死んでいることがときどきあります。死んでいる鳥を見つけるたびに、私はうれしくなります。なぜなら、私に似ているなあと思うからです。日本は地しんが多いのに、みんなこの国をはなれようとしません。外国には地しんがない国がたくさんあるそうです。どうしてはなれないのかを考えてみると、日本には戦争もないし、ごはんもおいしいし、いごこちがいいからなのかなと思いました。死んだ鳥も、同じことなのだと思います。鳥は羽があって、どこへでも飛んでいけるし、住むところを自由にえらぶことができるはずです。それなのにあの木をはなれませんでした。それは、あの木にはエサがあるのだろうし、かいてきですごしやすいのだろうと思います。もしかしたら、家族や仲間がいて、一緒にいたいのかもしれません。でもあの木は雨や風からは鳥を守ってはくれませんでした。鳥の死がいはだれにもしょぶんされないで、ほったらかしにされます。からだがくさり羽の下にあった肉がなくなり、骨と羽だけになって、だんだん鳥のすがたが消えていきます。最後には道ばたに落ちている木の枝と見分けがつかなくなって、それが排水口に流れていくのを観察するのが私は好きです。それはとても自然な死にかたに感じられます。

作文を提出した次の週、廊下にクラス全員の作文が貼りだされた。クラスメイトたちは、二次災害の防止や、地域の危険箇所、自身の避難行動計画など、実用的な内容を書いていた。

先生は私が書いた作文用紙に「死んでもいい命なんて、この世にはありません。命を大切にしましょう」と書いた。先生が赤ペンで書いたコメントは、私の作文を品がないものにしたような気がしてむかついた。図工の時間に描く絵には赤ペンを入れないのに、どうして作文にはそれが許されているのだろう。今後、作文に赤ペンで文字を書き入れるのはやめてほしいな。そう思った瞬間、ユミちゃんにこの作文を読んでほしくてたまらなくなった。

私は生まれて初めて、作文を母には見せずに机の引き出しの中に隠し、次のピアノのレッスンのときに、手紙と一緒にユミちゃんのレッスンバッグに忍ばせた。

その日の晩、家に電話がかかってきた。ユミちゃんからだった。

電話を通して聞くユミちゃんの声は、いつもより大人っぽい気がして、変な感じがした。

「こんばんは。ねえ、手紙読んだよ。私も鳥の木、見たい。今度見せて」

手紙の返事は手紙でするものだと思っていたので、ユミちゃんがルールを破っているように思えて、少し腹が立った。

「いいよ。でも、鳥が死んでいるのは見れないと思うけど」


ユミちゃんが家に遊びにきたのは、電話をした日の翌週の木曜日の午後だった。この日ユミちゃんの学校は創立記念日で休みだった。私はいつも通り学校へ行って五限まで授業を受け、一旦家に帰ってランドセルを置いてから、ユミちゃんのことを駅まで迎えに行った。

ユミちゃんは、お母さんとデパートでお昼ごはんを食べて、買い物をした帰りだった。私が駅に着いたときには、すでにユミちゃんとお母さんが改札の中で待っていた。ユミちゃんは私に気がつくと、ケーキの入った白い箱を右手に持ち、反対側の手でお母さんに手を振り、こちらへ向かって歩きだした。私はペコっとユミちゃんのお母さんに頭を下げた。

ユミちゃんは水色の小さなポシェットを肩から提げていた。紺色のワンピースは胸もとに細かいシャーリングが施され、ストラップつきのサンダルには涼しそうなビーズが並んでいた。

私の住んでいる街を、ユミちゃんが歩いている。この街は私の持ち物ではないのに、なぜだか街にもユミちゃんに対しても申し訳ない気持ちになった。ユミちゃんに、この街は似合っていない。


その日、鳥の木はとても静かで鳴き声ひとつ聞こえなかった。ときどき風が吹くと、サーっと葉っぱが擦《こす》れる音がした。私はユミちゃんに、鳥が死んでいた場所を三箇所教えた。いつもは気にならなかったけれど、道路には糞《ふん》だと思われる白いものがたくさんこびりついていた。

ユミちゃんはひと通り観察すると「ふーん、オッケー」と言って、私の家へはやく行こうと促した。

鳥の木から近いので、裏口から入ろうとすると、ネコが二匹唸《うな》っていた。このマンションでは動物を飼ってはいけない。けれど、一階に住むひとり暮らしのおばあさんが、野良猫に餌をあげてかわいがっていることを、マンションの住人たちは知っていた。このことはたびたび問題になっていたけれど、おばあさんは懲《こ》りずに餌をあげ続けていた。

私がネコのいるほうに進もうとすると、ユミちゃんは私の着ているTシャツの裾《すそ》をつかんで引き止めた。

「別に怖くないよ。このネコ、よくここにいるんだ。行こう」と私が言うと、「やめようよ、だってなんか普通じゃないよ」とユミちゃんが言った。めんどくさいな。しかしユミちゃんの言う通り、ネコの様子は普段と少し違っていた。いつもはニャアニャアと甘ったれた声を出して、それでいて私が近づくとサッと距離をとってくるのに、今日はネコたちには私のことが見えていないみたいだ。

黒いネコに、茶色いネコが覆い被さったまま動かない。被さったネコは、被さられたネコの首に噛《か》みついたまま離れない。噛みつかれたネコは、ずっと唸り続けていた。しばらくすると二匹は離れ、噛みつかれていたネコはゴロゴロ転げ回り、その様子を先ほどまで噛みついていたネコが少し離れたところから見下ろしていた。

私たちは結局、正面玄関にまわってマンションに入った。それから階段をあがって、三階にある私の家のドアを開けた。


「おじゃましまあす」

靴を揃えるユミちゃんに、私はどうぞと返事をした。

「あれ？　おかあさんは？」

「え、誰もいないよ」

そう言って私は洗面所へ行き、手を洗った。ユミちゃんもそれを真似するように、あとに続いた。

「家に誰もいないなんて、きいちゃんって大人みたいだね」

私は冷蔵庫から麦茶を取り出して、ガラスのコップに注ぎ、机の上に置いた。このコップは、ドーナツ屋さんでシールを集めて、先月交換したお気に入りのものだ。

「せっかくかわいいスイーツ買ってきたのに。麦茶って、味気ないなあ。紅茶とかないの？」

「え、紅茶って大人が飲むものでしょ。私、飲んだことないもん。牛乳ならあるよ、いる？」

ユミちゃんはいらないと言った。水道水もあると提案したけれど、それも断られた。

ユミちゃんが持ってきてくれた箱の中身は、ケーキではなくて、フルーツがたくさん入ったゼリーだった。私はゼリーよりもケーキのほうが好きなので、少し気分が沈んだけれど、小さなスプーンを出してふたりで食べた。ぎゅっと閉じ込められたフルーツはまるで宝石のようで、ゼリーには甘酸っぱいソースなども入っていて、想像していたよりもわくわくする味がした。

「さっきのネコ、交尾してたね」

先にゼリーを食べ終えたユミちゃんが、コップの表面についた水滴を指でいじりながら言った。麦茶はほとんど減っていなかった。

ときどき学校帰りに、カエルやセミが交尾をしているのを見たことがあったけれど、ネコの交尾は見たことがなかった。

「え、ネコも交尾するの？」

「するよ。人間だって交尾するよ」

「え、人間も交尾するの？」

カエルのようにヌメヌメした生き物やセミのように乾いた生き物だけではなくて、ネコや人間のようなあたたかくてやわらかい生き物も交尾をするなんて、びっくりした。

ユミちゃんによると、ユミちゃんのお母さんとお父さんもときどき交尾をするらしい。夜中、ユミちゃんが目を覚ましてお母さんのところへ行こうとすると、ふたりがベッドの上で裸になって身体を重ね合わせ擦り合わせていることがあるらしい。ユミちゃんはなんとなくこのことは秘密にしなくちゃいけないような気がして、黙って自分の部屋に戻るという。

「ねえ、きいちゃん。私たちも交尾してみない？」

「え、だって私たち、女どうしだよ。交尾ってメスとオスがするものじゃないの？」

「だからだよ。子どもができたら大変じゃん」

子どもを作るためじゃない交尾に、なんの意味があるのか。私にはわからなかったけれど、とりあえず畳の部屋に布団を敷いて、私たちは裸になった。ユミちゃんの提案なのだから、これはきっと素敵なことなのだろう。

私はさっき見た覆いかぶさられたネコと同じように、布団の上に四つん這《ば》いになってみた。しばらくそのままの状態でいるとユミちゃんが言った。

「何してるの？　はやく仰向けになってよ」

裸で寝転がった布団は、スルスルとした触り心地でひんやりとして気持ちいい。ユミちゃん曰《いわ》く、人間は向かい合わせになってお互いの目を見つめ合いながら交尾するらしい。カエルもネコも、どちらかが片方の上に乗っかって交尾をしていたし、セミなんてそっぽを向いてお尻を突き合わせていたので、人間だけが仲間外れのような気がした。なぜ向かい合う交尾と向かい合わない交尾があるのか、見つめ合う交尾と見つめ合わない交尾があるのか不思議だったが、そもそも私は交尾がどんなものなのか、よくわかっていなかった。

ユミちゃんの裸の身体が、私の身体の上に重なった。ユミちゃんは体勢を少しずつ変え、体重のかかる箇所を調整し、しっくりくるところを探った。そのたびにユミちゃんの皮膚の下にある骨が私の皮膚を突き、私の肉体を刺激した。人間の身体が触れ合うことは、思っていたよりも痛いものなのだなあ。それは母や祖母にぎゅっと抱きしめられるのとは違う、かくばった不自然なものだった。

ユミちゃんの肌は、潮の匂いがしない砂浜のようにきめ細かくサラッと乾いていた。そのせいなのか、ユミちゃんの瞳や唇の濡れている様子がとても際立つ。私は砂漠に行ったことはないけれど、砂漠の中のオアシスって、こんな感じなのだろう。

ユミちゃんは自分の股を私の股に擦り合わせるようにして動かしはじめた。それは壊れたメリーゴーランドの馬のような、ぎこちない動きだった。セミやカエルやネコの交尾は、こんな動きをしていなかったと思う。彼らは、時が止まってしまったかのように微動だにしないか、もしくはフードコートの呼び出しベルのように細かく振動していた。

交尾の終わりはいつなのだろう。私はユミちゃんの動きがやむのを、天井にある凹《へこ》んだ傷を見ながら待った。この傷は、母が掃除機でクモを吸い取ろうとしたときに、誤ってできたものだった。

しばらくすると、ユミちゃんは私の身体に覆い被さるように、ぴたりと自分の身体をくっつけた。私の胸より少し上のほうに、ユミちゃんの頭が置かれ、髪の毛一本一本の間にこもる湿気までもが、もわんと伝わってきた。ユミちゃんのほっぺたはいつの間にかピンク色に染まっていて、私は桜餅が食べたいなと思った。近くで見るとユミちゃんの顔や身体はやわらかな産毛に覆われている。その産毛は窓から差し込む日射しに照らされ、輪郭を縁取るようにきらきらと光っていた。それは私にススキの穂が夕陽に輝く景色を想像させた。私の身体に両手をまわしたユミちゃんが、すりすりと上下にゆっくり動くたび、重なり合った私たちの身体は一緒に揺れる。まるで大海原に浮かぶ小さな船にでもなったようだと思った。

身体を擦り合わせることに満足すると、ユミちゃんは私のほうを向きながら隣に寝そべった。私はずっと天井を見つめたままの姿勢でいた。ユミちゃんの身体の熱が、私にほんのりと写しとられていることに気づいた。いつの間にか、布団からは最初の冷たさが消えていた。ユミちゃんの熱が私を通過して、布団にまで流れて染み込んでいるみたいだ。その温もりは、歯痒《はがゆ》さを含んだ一瞬のもので、バターが溶けて黄色い液体になってしまう直前のような、ほんの少しの違いで価値のなくなってしまうもの。

五時を知らせる夕焼け小焼けのチャイムが街に響く。ユミちゃんと私はひとこともしゃべらず、服を着て布団をたたんでから、畳の部屋を出た。チャイムの音はいつもより大きく長いような気がする。

「電話、借りてもいい？」

そう言って、ユミちゃんはお母さんに電話をかけた。そのあと、私は駅までユミちゃんを見送った。

4

私は中学三年生になった。

ユミちゃんは去年、ピアノ教室を辞めた。

四歳から習いはじめた私を、ユミちゃんはあっという間に追い越した。中学に上がる頃には、楽譜のレベルはもう三冊ほど差が開いていた。それなのにユミちゃんは「私、ピアノ向いていないんだよね」と言って辞めた。

ユミちゃんとの文通は続いていた。ユミちゃんがピアノを辞めてから、月に一度くらいのペースで、家のポストに手紙が届くようになった。私はそれに返事を書いた。そして三カ月に一度くらい、マクドナルドやファミレスで私たちは会った。そういうとき、なぜかユミちゃんは私の分までお金を払った。母にお願いをして私も現金を持ってきているのに、払おうとするとユミちゃんは阻《そ》止《し》した。

「ママからきいちゃんと一緒にお茶でもしなさいって言われたお金だから」

なので私は母からもらったお金で、ユミちゃんとお揃いのヘアピンや文房具を一緒に買ったりした。


ユミちゃんは相変わらず少女漫画を貸してくれた。漫画の内容は少し大人っぽくなっていたけれど、今までと同じようなものだった。中学生になったユミちゃんは、小学生の頃よりもますます恋愛に憧れていた。

少女漫画に出てくる男の子は、私の学校生活に存在している男子とは、なんだか違った。匂いがしなかった。サッカーをして額《ひたい》に流れる汗からも、抱きしめられたときに鼻先に触れた首元からも、どれだけ漫画を読み込んでも匂いがしない。かすかな匂いがしたとしても、それはドラッグストアの柔軟剤売り場の見本のような、ニセモノみたいなものだった。

ユミちゃんは中学もそのまま女子校に通い、吹奏楽部に入り、パーカッションを担当していた。朝練もあって大変だと、よく文句を言う。私は地元の中学へ通い、美術部に入った。美術部には真面目に絵を描いている部員はいなくて、みんなおしゃべりをしたり、漫画のキャラクターを描いたりして適当に時間を潰している。私は小さな頃から絵を描くのが得意だったけれど、漫画を描きたいと思ったことはなかったので、部活にはほとんど顔を出していない。その頃の私は本を読むことに夢中だった。ユミちゃんから借りた少女漫画に出てくる男の子よりも、小説に出てくる男の人たちからのほうが、学校の男子に似た匂いがする気がする。その匂いが嗅ぎたくて、放課後のほとんどを図書室で過ごした。

中学では、何の部活に所属しているかによって、立ち振る舞いが決められている。バレーボール部やテニス部、サッカー部やバスケットボール部の人たちは、大きな声で笑っても、自分の意見を自由に発言しても許される雰囲気があった。しかし、美術部やパソコン部の人たちは、教室のすみっこで呼吸をしなければいけないような、そんな存在だった。私には、この暗黙のルールをもし破ってしまっても、守られ守り合うような親しい人がいなかったし、勉強だって真ん中より下のほうだった。それなのに学校生活を大きな問題もなく安全に送れていたのは、間違いなくユミちゃんのおかげだった。

私が使っている文房具、身につけている下着、さくらんぼの香りのする寝癖直しのスプレー。それらはこの街では売っていないもので、ほとんどがユミちゃんと出掛けたときに買ったものだ。ソーダ味のアイスキャンディを溶かしたみたいな色をしたシャープペンシル。水色と白のストライプ模様のブラジャー。青色のチェック柄のマフラー。ユミちゃんの選ぶものは、いつも美しかった。退屈な授業中にこっそり髪の毛の匂いを嗅ぐと、甘い香りがふわっと鼻をかすめ、私をご機嫌にする。前髪を後ろ髪と同じ長さまで伸ばし、顎のラインで真っ直ぐに切り揃えた髪型も、ユミちゃんが通っている美容室で切ってもらっていた。

中学にあがったあたりから、クラスメイトの女子たちは、雑誌を読んでそれをお手本にして持ち物や髪型を決めるようになった。雑誌の表紙には「男子ウケ抜群」「モテる女子のための」といった見出しが並ぶ。そういった雑誌の中に、私がいいと思うものはほとんどなかった。そして不思議なことに、彼女たちは、私の使っているものにも異様に関心を持っていた。私がなにか新しいアイテムを使いはじめるとすぐに反応して、どこで買ったのか、いくらするのかをたずねてくる。

ユミちゃんが選びとったものや一緒に選んだものを持っている自分が、私はなんだか好きだった。どんどん自分が透きとおっていくような気がした。授業中や放課後、寂しさと悲しさの真ん中のような気持ちが私を襲おうとするたび、自分の胸に手を当てて、ゆっくりと深呼吸する。私の身体に触れているものがユミちゃんと同じだと思うだけで、なにか大きくてやわらかなもので背中から包まれ守られている感じがした。まるで私の魂が、世界でいちばん尊いものであるかのような気持ち。

その寂しさと悲しさの真ん中のような気持ちが、私は好きだった。風が吹くとか夕日が沈むとか、当たり前のことなのにそれをときどきとびきり美しいと感じ、世界のすべてがわかったかのような勘違いをするときみたいに、突然心の中にあらわれては、ふっと去っていく。この気持ちを感じるときがいちばん、私がユミちゃんを強く想う瞬間なのかもしれない。

5

最近、同じ塾の男子が気になるというユミちゃんは、香水をつけるようになった。それだけではなく、睫毛《まつげ》をビューラーでくるんとあげたり、てかてかしたリップグロスをつけたり、学校が休みの日にはガラスを粉々にしたみたいなキラキラを目の上にのせたりする。ユミちゃんだけではなく、私の学校の女子たちも、似たようなことをしている。この頃から、彼女たちの多くは身体の毛を剃《そ》るようになっていた。毛を剃らない女子や毛深い女子は、陰で悪口を言われている。そういえばユミちゃんの身体からも、いつの間にか毛がなくなっていた。昔、ユミちゃんと交尾をしたときに見たススキ畑のような景色が、二度とあの身体に広がることがないのかもしれないと思うと、少し残念な気持ちになった。

ユミちゃんの使っている香水は、トイレの芳香剤とおしゃれなハンドクリームを混ぜたみたいな匂いがする。ユミちゃんが突然、安っぽい女の子になってしまったような気がして、私はとても悔しくなった。

「私この匂い、いいと思わない。全然素敵じゃない」

「えー、なんか悲しいんだけど。これ、今いちばん人気なんだよ。じゃあ、きいちゃんはどんな匂いが好きなの？」

「え、えっと、好きなのはお父さんの匂いかな？」

私は小さな頃から父の枕の匂いを嗅ぐのが好きだった。タバコの匂いと頭皮の油が混ざりあった甘ったるい匂いを嗅いでいると、気分がよくなって、まあるいやさしい気持ちになる。夜は父が枕を使うので、私は昼寝をするときによく父の枕を使った。

「やばいよ、きいちゃん。人間って近親相姦《きんしんそうかん》にならないように、自分に近い人の匂いを嫌いになるように遺伝子レベルで組み込まれているんだよ」

ユミちゃんにそう言われたとき、父が本当の父親ではないのかもしれないと想像して少しわくわくしたけれど、父と私はそっくりな顔をしている。

ユミちゃんに〝近親相姦〟と言われてから、私は〝おじさん〟と呼ばれるような男の人たちの匂いを、こっそり嗅ぐことにしてみた。私が好きなのは父の匂いだけなのか、それとも世の中のおじさんが放つ、年齢や性別による匂いなのか。それを確かめなくてはいけないと思った。

三年生になってから、私は美術系高校受験専門の塾へ週に一度通うようになった。塾の帰りの電車はかなり混むので、都合のいい嗅ぎ場所だ。

嗅ぎはじめるとおじさんの匂いには、大きく分けて三つの種類があることがわかった。ひとつはほとんど匂いが感じられないか、何も気にならないようなどうでもいい匂い。もうひとつは、だらしのないどうしようもない匂い。そして最後のひとつは、清潔感はあるけれど美しいとは言えない匂い。それは汗や唾液などの体液と、皮脂などの油分が混じり合い、練りあげられ、皮膚に塗り込まれたようなものだった。私の父はこれに当てはまる。しかし私はこの匂いが全部好きなわけではなくて、中には苦手なものもあった。

「お父さんの匂いだけが好きなわけじゃなくて、他のおじさんの匂いでも、好きなものがいくつかあったよ」

「きいちゃん、そんなこと調べるよりも、若い男の人の匂いを嗅いでみたほうがいいんじゃない？　学校にせっかく男子がいるんだから。匂いは大事だよ。ずっと一緒にいるなら、好きな匂いじゃないとキツいもん。匂いは遺伝子レベルで人の子孫繁栄に繋がっているんだから。匂いから好きになってみたら？」

まるでデパートの香水売り場でお気に入りを探すみたいな言い方だった。ファミレスでしゃべる私たちの通路を挟んで隣の席には、三十歳くらいの女の人と男の人が座っている。ふたりは無言で食事をしながらスマートフォンの画面を見続けている。ドリンクバーのおかわりをしにいくときにチラッと覗くと、スマートフォンの画面はモノクロで、中央には白いなにかが映っていた。それは何度かテレビのコマーシャルで見たことのある、留守番するペットを監視するカメラの映像だった。席に戻ると、ユミちゃんもドリンクバーのコーナーに続いた。戻ってきたユミちゃんは私の耳に手を当てて、こっそり言った。

「あそこに映ってるの、ペットじゃなくて赤ちゃん。人間の」

そもそも、学校生活の中にいる女子と男子の違いが、私にはよくわからなかった。少女漫画では女子と男子はまったく違う生き物のように描かれていたけれど、私が違うと思うのは筋力や体力と匂いくらいだった。

中学に入ってから、男子からは小学生のときとは違う匂いがするようになった。それは動物園や牧場なんかで嗅ぐ匂いに少し似ている。いい匂いではないのに、手放したくない、生ぬるくて、埃《ほこり》っぽくて、何度も嗅いでみたくなる魅力的な匂い。干し草の中でウマやウシと寝転んで、舐められて、すやすやと一緒に眠ることができたら、男子みたいな匂いがするのかもしれない。男子をぎゅっと抱きしめてみたら、この匂いがもっと強く私の身体を満たすのだろうか。

ユミちゃんとファミレスへ行った次の日から、今度はクラスメイトの男子の匂いを嗅ぐことに忙しくなった。ませている男子は制汗剤や香水をつけているので、その奥に隠れてしまっている本当の匂いにまで辿り着くのは、なかなかむずかしい。それでも辛抱強くひとりひとりをこっそり嗅ぎ続けていると、だんだん本当の匂いがはっきりしてくる。その中にはいくつか好きな匂いもあったけれど、だからと言ってその男子のことを特別だと思えるほど、私は匂いを信じられなかった。嗅ぐことに慣れてくると、日によって男子の匂いには違いがあることがわかった。体温や体調、食べたもの、そしてその日の天気によっても、匂いのやわらかさや質感は違うみたいだ。それは女子にも言えることだったし、女子の匂いにもいろんなものがあった。

ユミちゃんと交尾をしたあの日から、いつか本当の交尾をすることが私の人生の目標になった。私はもう、交尾がどういうものなのか理解する年齢になっていた。一年前に初潮がきたときは、やっと交尾ができる身体になれたことがうれしくて、経血をみんなに見せびらかしたかった。はやく本当の交尾をして、あの日見たネコのように、自分の身体も振動するのかを確かめてみたかった。毎月生理のとき、私はトイレへ入るたびにナプキンに染み込んだ自分の経血の匂いを嗅いだ。私は私の匂いを知らない。私からはどんな匂いがするのだろうか。この経血の匂いは、私の匂いなのだろうか。酸っぱいような、鼻につく匂い。いい匂いではないのに、何度も嗅いでしまう癖になる匂い。今月もまた、新しい生き物を殺してしまった匂い。死体の半分の匂い。命がゴミになった匂い。

6

私は一年生の頃から図書委員を務めている。図書委員は人気がない。理由は、週に一度、昼休みに本の貸し出し当番をしなければならないからだ。三年生になった今年は、サッカー部の平野くんと一緒だ。平野くんはジャンケンで負けて、仕方なく図書委員になった。

小学生の頃太っていた平野くんは、中学生になって自然と痩せてから、とても人気がある。サッカーが上手で、勉強もほどよくできて、冗談も言うし、清潔感もあってさわやかな人だ。

平野くんは「ねえ山下、任せてもいいかな?」と言って、よく当番をサボる。図書委員の仕事はふたりでやるほどのものでもなかったし、私は慣れていたので、はっきり言って平野くんがいないほうがスムーズなので構わなかった。

罪悪感があるのか、たまに平野くんは当番の日に図書室へやってくる。しかし平野くんは何も手伝わず、なぜかずっと私に話しかけてくる。平野くんの話す内容のほとんどは、クラスメイトや先生の悪口だ。その中には、平野くんがいつも一緒にいるサッカー部の斎藤くんや、平野くんが今付き合っている本田さんの悪口もあった。よくもまあ、そんなにたくさんの悪口を思いつくなと私は感心した。休み時間が終わって教室に戻ると、普段と同じようにみんなの人気者として振る舞う平野くん。図書室での姿はまぼろしのようにも感じられた。それと同時に、私はなんだか優越感のようなものに包まれた。クラスメイトたちが悪口をこっそり言い合う理由が、少しわかった気がした。

夏休みの前になると、図書室に課題図書の特設コーナーを作るのが図書委員の大きな仕事のひとつだ。画用紙でひまわりやスイカなどの装飾物を作り、誰もたのしみにしていない読書感想文の宿題を盛り立てる。装飾物作りは委員会の時間だけでは終わらず、私と平野くんは誰もいない放課後の教室で、ひまわりの花びらとなる黄色い画用紙を切った。

「ねえ、山下って誰と仲良いの？」

「この学校に、特別に仲が良い人はいないよ」

「だよね、よかった。だから山下にはなんでも話せちゃうんだよね」

「ああ、うん。そうだね」

「山下ってさ、ひとりでいるのが好きなの？」

「わかんない。ひとりだと思ったこともないし、かと言って誰かとずっと一緒だったこともないし」

「ふーん。山下ってさ、好きな人いるの？」

「え、それって男子でってこと？」

「うん、そう」

「わかんない。でも、平野くんのことは、まあまあ好きかもしれない。男子の悪口も女子の悪口もまんべんなく言うから」

「へ？」

「わかんないんだよね、私。人間って動物が、たまたまメスとかオスに生まれただけなのに」

「山下のほうが意味わかんねえよ。あはは。ねえ、俺、部活行ってもいい？もうすぐ最後の試合でさ」

「うん、いいよ」

「サンキュ」


平野くんが部活へ行ったあとも、私はひまわりの花びらを切り続けた。それが終わると、今度は茶色い画用紙で丸を作り、そのまわりに花びらを糊で貼りつけて、ひまわりを完成させた。片づけを終えて帰る支度をしていると、平野くんの席にジャージが置きっぱなしになっていることに気づいた。音楽室に近い私たちの教室は、四時半を過ぎると吹奏楽部がパート練習で使う。私はグラウンドで部活をしている平野くんにジャージを届けようと思い手に取った。平野くんのジャージは、とってもやわらかくて、甘くて切ない匂いがした。この匂いは、平野くんのお母さんの趣味なのだろう。私は小学生の頃の運動会で、はちまきを上手く結べないで困っていたときに、きれいにリボン結びをしてくれた平野くんのお母さんの顔を思い出した。それから私は平野くんのジャージに鼻を沈めて、ゆっくりと匂いを嗅いでみた。柔軟剤の奥のほうに、かすかに平野くんの本当の匂いがするような気がした。いい匂いだった。そして、その匂いを嗅いだときに、またあの寂しさと悲しさの真ん中のような気持ちが私を襲った。私は結局、平野くんにジャージを渡さず、元の場所に戻した。

帰り道、八百屋の前の車道をネコが横切った。そのネコは最初、渡ろうか渡るまいかタイミングを見計らっているようだった。その光景を、仕事帰り、買い物帰り、学校帰りの多くの人々が見ていた。

「危ない危ない」「渡っちゃダメよ」「きゃあ！」

なにかを呟いたり叫んだりしている人も数人いた。それなのに、誰もネコを助けるために動こうとはしなかった。ネコは車に轢《ひ》かれることなく、車道をすばやく駆け抜けていった。もしこれが人間の子どもでも、ここにいる人たちは同じ行動を取っていただろうか。

今、もし平野くんが交通事故で死んだら、あのジャージがほしいなと思った。死んだ人の形見を貰えるとしたら匂いがほしい。

7

久しぶりに訪れたユミちゃんの家には、すべすべとしたグレーのネコがいた。小学生の頃、この家にいた白くてもこもこしたイヌは、そういえば一昨年死んだのだった。

そのあたらしい生き物は、ネコのための服を着ていた。

「この間、火傷《やけど》しちゃったの。火傷の跡を舐めないように服を着せているの」

ネコはなんとなく私に触ってほしそうに振る舞っている気がしたが、勘違いかもしれないので放っておいた。ソファのほうへ私が歩き出すと、ネコはあとを追うようについてきて、何度も私の足元に頭をなすりつけた。私はソファに腰掛けて、ネコを見つめてみた。するとネコはポンと地面を蹴って私の膝の上にのった。近くで見ると、ネコの左耳の先端がV字に切れていた。この切れ込みは、私のマンションの近くにいる野良猫たちの耳にも、見たことがある。

「きいちゃん、頭を撫でてあげて」

私はユミちゃんに言われた通り、ネコの頭を撫でた。思ったよりも冷たい。ひやっとする薄い膜がお湯の上に被さっているような、不思議な感じがした。ネコが私はその感触が気に入ったので、ネコの首の部分や胴体も撫でてみた。それは人着ている服の上から胴体を撫でると、なんだか懐かしい感じがする。それで間の赤ん坊を撫でているときと似ている。ずっしりと中身の詰まった、それでいてとても軽い生き物。大切にしてみたいけれど、それと同時にすぐに殺せてしまうだろう弱い生き物。幼い頃、私は親戚の赤ん坊を撫でるのが好きだった。赤ん坊の匂いを嗅ぐのも好きだった。ふんわりとした陽だまりに牛乳を置きっぱなしにしてしまったような、あたたかなまあるい匂い。

ユミちゃんの家のリビングには大きなテレビがある。つけっぱなしの画面には夕方のニュース番組が流れていて、警察犬が表彰されている。イヌは交尾の相手を匂いで選ぶのだろうか。

ユミちゃんがティーカップをふたつ持ってきて、私の隣に座った。

「これね、赤いハーブティーなんだよ」

めずらしく香水に包まれていないユミちゃんが、唇を尖《とが》らせてふうふうとハーブティーを冷ます。カップの中の赤い液体がかすかにさざ波を立てる。いつか私の経血が死なないで動物になる日がきますように。そう願いながら私はハーブティーを口に含む。それは少し酸っぱくて、喉の奥がざらっとした。

うどん

うどん　もくじ

音 …… 61
ローテーション …… 65
デート …… 72
乙女ごはん …… 82
定食おばあさん …… 86
三日月 …… 90
お茶泥棒 …… 96
習い事 …… 104
薔薇 …… 108
昼 …… 113

ミーツ・ガール 118
バイク王 126
リトルミイ 131
ひかれ髪 140
名前 153
マルガリータ 160
絆創膏 166
土曜家族 170
ツウ 177
石鹸とザラメ 181
東京の生活 184
エンジェルリング 192

音

駅前の大通りに、チェーンのコーヒーショップがある。その店の脇にある細い道を入ると、さっきまでの騒々しさがうそみたいに急に静まり返り、ゆったりとした時間が流れだす。しばらく歩くと、小さな音のカケラたちが次からつぎへと耳に飛び込んできて、耳の中が賑やかになる。どこかの家のキッチンで食器が重ねられる音。アパートの階段をあがりながら、鞄の中の鍵を探しだす音。駅前の喧騒はちっとも気にならないのに、この住宅街ではひとつひとつの音の輪郭が際立つ。まるで街の中に見えないカーテンがひかれているみたいだ。

駅から十分と少し歩くと、三十年ほど前に建てられた小さな白いマンションが見えてくる。そこの一階に、私の働くうどん屋がある。

店の裏口を隠すように、金木犀の木が立っている。私はその木をくぐり抜け、店へと入っていく。

薄手のコートを脱いで、肩に掛けてきたキャンバス地のトートバッグと一緒にロッカーへしまう。エプロンをつけて、手を洗う。掃除を済ませ、お茶をポットへ入れて、開店の準備をする。店が少しずつ整っていく。時間になったら暖簾《のれん》を出して営業中の札をかける。

店の扉が開く音にはいくつかの種類があり、それを聞き分けて次の行動を考える。ガチャっと扉が開き、外の世界の音が聞こえると、私は少し大きめの声でお客さんに挨拶をする。「こんにちは」と「こんばんは」を使い分け、お茶とメニューを用意する。ガチャっと音がしても、うっすらと空気が抜ける音だけが聞こえるときは、急いでその少し重い扉を開けに行って、子どもやお年寄りを出迎える。

椅子を引きずる音が聞こえると、反射的に顔をあげ、音のしたほうを見る。席を立ったお客さんがお手洗いへ行くのか、それとも会計をするのか、どちらなのかを間違えないように判断する。湯のみやグラスが倒れる音が聞こえたら、清潔な白いタオルと台拭きを持って駆け寄る。お客さんには白いタオルを手渡し、服や荷物が濡れていないか声をかける。箸が落ちる音が聞こえたら、新しいものを持って席まで急ぐ。ビニール袋を触る音が聞こえたら、常温の水をグラスに注いで持っていく。うどん屋には体調の悪い人もやってくる。一歩間に合わず、薬をお茶で流す光景を見てしまった日は、こちらの負けだ。店長がうどんを湯切りする音が聞こえたら、おぼんの上に漬物の入った小皿と蓮華《れんげ》をのせて、すぐにできたてを運べるように待機する。七味の入った小さな缶を振ってみる。軽い音がしたら中身を補充する。

店の中は音で溢れている。お客さんの話し声、メニューをめくる音、トイレの扉が閉まる音、食洗機が回る音、コンロに火をつける音、青ネギを切る音、大根をおろす音、水道の蛇口から水が流れる音、お茶を注ぐ音、うどんを啜《すす》る音。絡まり合った音たちを手繰《たぐ》り寄せ、私は無意識にそれらをするするとほどき、瞬時に選別し、次の音が聞こえる前に行動する。

半年に一度ほど、私は自分が店を休む日に、ここで食事をするようにしている。客として店に来ると、いつもと同じ空間だとは信じられないくらい静かだ。店長がお気に入りのCDを小さな音で流していたことを、席に座った瞬間、やっと思い出す。絡まり合った音たちは絡まり合ったまま、私の耳の中にぼんやりとしたひとつの風景を広げていく。

客として店で食事をした次の日は、そわそわする。本棚に並ぶ本の順番、黒板に書かれたメニューの文字……。些細なことがとても気になるので、少し早めに出勤し、いつもよりていねいに掃除をする。

このとき毎回どういうわけか、働いている自分を少し上のほうから眺めているような奇妙な気分になる。そして昨日の音が今日は聞こえないことに気づく。どんどん日が経つにつれ、客として聞こえていた音があったことそのものを忘れていく。消えてしまった音の中で、今日も私は働く。またいつも通り、絡まり合った音たちをほどいている。

ローテーション

川本さんは、この店の五軒隣に暮らす、よく食べよく飲むおじいさんだ。今年八十六歳になる川本さんは、週に三度、店へやってくる。火曜の昼と、水曜と金曜の夜。なにか予定があって来られない日があると、頼んでもいないのに前もってちゃんと報告してくる。たとえば水曜の夜、ビールをちびちび飲みながら「次の金曜はさ、働いていた頃の同僚と会うから、来られないから」という具合に。

川本さんには決まったローテーションがある。朝食は自宅でパンを食べ、昼と夜は近所の店を定休日を避けながらまわっていく。店へ行く曜日と時間は固定されているので、安否確認にもなっている。川本さんは二十年以上前に奥さんに先立たれ、息子さんは地方で仕事をしている。

自宅から歩いて数十秒にある、うちの店へ食べにくるだけであっても、川本さんはいつもきちんとした格好をしている。春と秋は、シワひとつない襟つきのシャツ。冬は、その上にセーター。夏は、涼しそうなポロシャツ。くまのイラストが描かれた緑色のチェック柄の小さなハンドバッグをぶら下げ、お昼に来るときには、つばのあるベージュの帽子を被っている。

川本さんのたのしみは、テレビで野球の中継を観ることだ。放送がある日はいつもより早い時間にやってきて、さっさと食事を済ませ帰っていく。趣味は城巡りで、よくひとりでバスツアーに参加し、必ずお土産を買ってきてくれる。

会計のとき、川本さんは小銭を出すのを面倒くさがる。なので小銭入れがどんどん重くなっていく。見かねて何度か手伝ってあげたら、いつの間にか小銭入れごとこちらに渡してくるようになった。確かに私が小銭を出したほうがはるかに早い。川本さんって要領の良い人なんだなあと思っていたら、

「なんでもやってあげちゃダメ。これはいじわるじゃなくて、川本さんのためだからね」

と、あとで店長に注意された。

川本さんはいつも頼んでいるうどんの名前をしょっちゅう忘れる。

「あのさあ、何だっけ？　とろろを卵でとじたやつ」

「とろろとじうどんですね」

「そうそう、それ」

とろろとじうどんの注文を、私は少なくとも五〇回は川本さんから受けている。人は歳をとると思い出せなくなるものだと思っていたけれど、

「構ってほしくてやってるんでしょ。親切にしすぎると、甘えられちゃうから気をつけてよ」

と店長は言った。


私が店で働きはじめて三度目の春を迎えようという頃、川本さんが急に来なくなった。店長いわく入院しているらしい。川本さんの家の前を通ると、庭に咲く白梅が去年と同じように見事に咲いていた。私はスマートフォンを取り出して写真を撮った。花を撮ろうなんて思ったのは初めてのことだった。

五月の第二水曜日の夜、川本さんが久しぶりに店にあらわれた。頬が瘦《こ》け顔色も青黒く、心なしかふたまわりくらい小さくなったように感じた。いつもは

つまみを二品とうどん、ビール一杯と日本酒を一合頼むのに、この日はうどんだけだった。そしてそれも半分くらい残した。

川本さんの家の庭には、白梅だけでなく季節ごとにいろいろな花が咲く。この年も薔薇の花が可憐に咲き乱れ、道行く人々の足を引き止めていた。

季節はあっという間に夏を迎え、川本さんはすっかり元通りになった。カラカラに干からびていた身体はどんどん栄養を吸い、肌には水分がいきわたり、顔にはフクっと肉がつき、血色も良くなった。このまま死んでいくのだとばかり思っていたので、半年前と同じ姿になった川本さんを見るたび、人間って思ったよりも丈夫なんだなあと私は感心した。

川本さんの最近のお気に入りは、牛肉がのった冷たいゴマだれうどんだ。そういえば川本さんに限らず、うちの店に来る老人には肉が好きな人が多い。しかし、お客さんの中には、肉食をしない人もいる。肉だけじゃなくて、魚も食べない人もいる。魚を食べない人は、つまり出汁も飲めないし、だし醤油も使うことができない。

肉食をしない人の中には、肉食をすることによって起きている環境破壊を危惧している人がいるらしい。確かに、人間の都合によって地球の環境がどんどん変わっていくというのは、他の動物たちからすれば勝手すぎる不平等だ。

この世界には、かわいそうだからという理由で肉食をしない人もいる。私たちが食べている動物の中には、不衛生な場所で飼われたり、痛みを伴う方法で殺されたり、過剰な頻度で交尾をさせられたり、メスかオスかや、病気の有無で生かすか判断されるものがいる。そういうことを知ると、まるで戦争中の人間の世界のようだなと思う。動物の命も、人間の命とたいして変わらないものなのに、なぜこのことは学校の教科書やテレビのニュースで取り上げられないのだろう。もっと言えば、うどんに使われている小麦だって、醬油に使われている大豆だって、水を吸って、光合成をして、生きていた命なのに、心臓とか目玉とかがついていなければ、命として扱われないのだろうか。なぜ、かわいそうだとは思われないのだろうか。蟻《あり》も蚊も犬も猫も牛も豚も鶏も魚も私も小麦も大豆も小松菜も芋も、ぜんぶ命だ。

保育園の頃、同じクラスだったコウジ君が私の目の前で蟻を潰して食べたことがある。一匹潰しては食べ、また潰しては食べていた。潰すということは、つまり蟻を殺すことなので、警察に逮捕されるのかもしれないと思ったけれど、コウジ君は次の日も元気よく登園してきた。どうして人を殺したら死刑になるのに、蟻を殺しても死刑にはならないのか不思議だった。コウジ君は食べるために蟻を殺していたから捕まらなかったのだろうかとも考えた。私だって自分の手で殺しているわけではないけれど、牛とか魚を毎日食べているわけで、それでも死刑にはなっていない。「いただきます」という言葉には命をいただくという意味があると、保育園の先生は言っていた。命は、自分以外の命を摂り入れなくては生きられない。かわいがられる命、大切にされる命、殺してもいいとされる命、食べていいとされる命。その違いは、なんなのだろう。

宗教などの理由で肉食をしない人もいる。日本でも昔は、動物の肉を穢《けが》れたものとして扱い食べなかった時期があるらしい。そして肉食をするようになっても、肉を処理する仕事をする人たちのことを差別する文化が根づいていたらしい。これも、戦争みたいだなと思う。自分では手を下さない人たちがいて、そういう人たちはすぐにいろんなことを忘れてしまって、でも戦地にいる人たちやその家族は、身体や心に消えない傷を負って、生き続けなくてはならないのだ。命の差別が、この世界にはたくさんある。

川本さんはお酒をまた以前のように飲むようになった。身体のためには控えたほうがいいはずだが、トックリが空になるのを見計らい「次は何にしますか」と声をかけてしまう。長く生きてもらって少しでもお金を落とし続けてもらうのと、好きなだけお酒を飲んでもらって早死にされるのと、どちらが儲かるのだろうかと私はぼんやり考えた。

デート

うちの店は通し営業をしていないので、昼が終わり片づけを済ませると、夜の営業準備までは自由時間になる。店長はその間に病院へ行ったり、買い出しに行ったり、出汁をとったり、下ごしらえをしたりと忙しい。私はタイムカードを記入してから、二時間ほど昼寝をする。裏口の物置から、紙袋に入れて置いてあるタオルケットと小さなクッションを取り出し、ソファ席にごろんとする。まかないを食べ終え、ほどよい疲労感に包まれながら寝転がるたびに、気持ちのいいけだるさを感じて、なんだか甘い気分になる。この昼寝の満足感は、働き、まかないを食べたあとでしか得られない贅沢だ。これを労働の喜びと呼ぶのだろうか。

私は時計のアラームをセットしなくても、起きなくてはいけない時間の少し前に必ず目が覚める。そろそろ時間だろうかと、眠りと現実のはざまを行き来し、まどろんでいたところで、店の電話が鳴った。

　ぬくっと起き上がると、外はすっかり暗くなっていて、店長はいつの間にか肉屋から戻っていた。厨房にいる店長は、もわもわと勢いよく立つ大きな湯気に覆われていた。両手で抱え切れないほどの巨大な鍋を持ち上げ傾けながら、出汁をさらし木綿で漉《こ》しているのだろう。私は急いで靴をひっかけ、レジの横に置いてある受話器を取った。

　電話の向こうから聞こえてきたのは、女の人の声だった。ひとつひとつの言葉がしっかりと発音されているのに流れるように滑らかで、低く落ち着いた声だった。電話で話すことに慣れているような話し方だったので、セールスかもしれないと思い、私はいつもの決まり文句である「今、店長がいないのでわからないです、すいません」と返答しようと構えた。

「わたくし只今、耳の聴こえない方の代わりにお電話をさせていただいております。来週の火曜日、十九時から二名で予約させていただくことは可能でしょうか？」

　電話の代行というものがあることを、今までの人生で想像したこともなかったので、私は少し動揺した。

「あ、ありがとうございます。来週の火曜、夜の七時から二名様ですね。ご予約承ります。念のため、お名前とお電話番号をお聞きしてもよろしいでしょうか？」

「かしこまりました。ただ、ご依頼人は電話に出ることができないのですが、一応お伝えしますね」

「あ、そうですよね。すいません、ありがとうございます」

電話を切り、メモ帳に殴り書きした日付と名前と電話番号を予約表に清書しながら、心当たりのあるお客さんのことを思い出していた。


最近、月に二度ほどやってくる男の人がいる。二十代後半だと思われるその人は、背が高く、細身のスーツがよく似合う。きちんと選ばれたであろうそれらのスーツは、どれも身体に吸いつくように馴染んでいる。初めて会ったときから、感じのいい人だなあと思っていた。注文をするときも、食事を終えて店をあとにするときも、おだやかな表情をする人だった。ニコニコ笑うのとも、そっと微笑むのとも少し違うそれは、お寺で見る仏さまに似ていた。

最初は、どうしてこの人はしゃべらないのだろうかと少し不思議に思った。彼は注文をするとき、メニューを指差す。すっと伸びたなだらかな細長い指は、関節の部分もスルンとしていて、見とれるほどだった。

二度目に来店したときも彼は一言も声を発さなかったので、もしかしたら耳が聴こえないのかもしれないなと思った。注文にミスがあってはいけないので、彼が頼んだものを私はメモ紙に書いて見せた。確認し終えると、彼は口角を少し上げてコクンと頷いた。

店で働きはじめたばかりの頃は、いちいち注文のメモを取っていたけれど、いつの間にか暗記するようになった。一応、念のためにエプロンのポケットに今でも忍ばせているメモ紙は、チラシの裏紙を四つ切りにしただけの紙っぺらだ。

この日の帰り道、私は駅前の一〇〇円ショップでメモ帳を買った。裏紙を彼に見せたとき、なんだか失礼な気がしたし恥ずかしかった。

接客は笑顔だとよく聞くけれど、私は接客中に笑顔をしたことがほとんどない。作り笑いも愛想笑いも、しようと思ったこともないし、やろうと思ってもできないだろう。いつだったかお客さんに態度が悪いと文句を言われたことがあった。一緒にシフトに入っていた主婦のモモコさんは「きいちゃんは声がかわいいんだから、声だけでも明るく頑張ってみよう」と私を励まそうとした。

笑顔はできないけれど、どういうわけか感情はわかりやすく顔に出るらしい。苦手なお客さんが店に来たとき、注文を伝えに厨房に戻ってきた私を見て、店長はすぐに誰が来店したのかを当ててしまう。

私の声が聴こえない彼に、私はどんなふうに映っているのだろう。

彼から注文を受けるとき、私はいつもよりも自然と小さな声になった。彼のそばに近づくと、お客さんたちの話し声も、厨房で調理をする音も、急に輪郭がぼやけ、今いる世界が遠のいていくような感じがした。まるで私たちだけがガラス瓶の中に閉じ込められてしまったかのような、凪《な》ぐような時間。私はそれが好きだった。

火曜の夜七時にやってきたのはやっぱりその人だった。彼の後ろには、女の人がちょこんと隠れるようについてきていた。

ふたりを席に案内し、予約札を片づけ、お茶とメニューを出した。彼はいつものようにさわやかな軽いお辞儀をした。女の人に反応はなく、なんだか硬い表情だった。緊張しているのだろうか。初めてのデートがうちの店だったとしたら、ちょっと気の毒だなあと思った。うどんなんてすぐに食べ終わってしまうし、麺の啜り方にはかなり個性がでる。なんだか心配になった。

厨房に戻り、濡れているグラスをやわらかい布で拭きながら、ふたりの様子を視界の片隅に入れつつ、注文が入るのを待った。お客さんに呼ばれる前に気がつくこと、手持ち無沙汰なときもなにか仕事を探して手を動かすこと。ここで働きはじめたときに、店長からもらった心得ノートに書いてあったことだ。

私は他人に気を遣ったり、笑顔を作ったり、そういうことはよくわからないのでなかなかできない。だからこそ、ルールを守ることと、私にもできる最低限のことは手を抜かずにやること、このふたつをいつもおまじないのように心の中に置いている。

メニューに目を通すと、ふたりは手話で会話をはじめた。テレビのニュースで手話通訳をしている人は観たことがあったけれど、実際に会話をしている人を見るのは初めてかもしれなかった。

ふたりの会話は、音で伝え合う言葉の代わりというよりも、感情や情景を、風景として見せ合っているみたいな、あざやかで豊かなものだった。ニュースで観たことのある手話は、困ったような怒ったような表情で、手の動作が早く激しく次々と繰り広げられている印象だった。けれどここにあるのはそれとはまったく違う、おだやかなものだった。夕方、部屋にオレンジ色の光が射し込むときのような、あたたかくて、美しい、やわらかなもの。

しばらくするとふたりの手の動きがパッとやんだので、グラスと布をその場に置いて、テーブルにさっと向かった。彼の指先がメニューを指差していく。女の人と私はその指の先を見つめる。注文を終えると、彼はテーブルの上に長い指を重ねて組んだ。私は注文を書き留めたメモ帳をテーブルの真ん中に置いた。彼がゆっくりと頷いた。ていねいに書いたつもりだったが、私の文字はいつもよりも下手でいびつな形をしていた。

この日ふたりは、店にいたお客さんの誰よりもたくさんの会話をしていたように思う。私には手話がわからないけれど、そこには匂いが漂っていて、温度があった。ふたりの会話からこぼれ落ちた風景のカケラが、遠くから見つめている私にも伝わってくるような気がした。料理を運ぶためにふたりの近くまでいくと、表情がよく見えた。すると、さっきまでのカケラがひとつの大きな絵になった。もっと繊細な部分まで描写されていくような感じがした。眉の微《かす》かな動き、頬の筋肉の収縮が言語である世界。手話は手だけの会話ではない。

それは私に幼い頃の記憶を思い出させた。伝えたいことを言葉にしようとしてもぜんぜん本当のことには届かなかったときのことを。他の方法を知らないから、母の手を握ってみたり泣いてみたり笑ってみたりして、必死にそのなにかを描き出そうとした。あのとき、するすると手のひらをすり抜けていってしまったひとつひとつを私は目の前で今、見せてもらっているような気がした。ふわふわ。きらきら。ざわざわ。擬音よりも、もっと不確かで確かな音が、目に見えた。

大人になった今でも私の心の中には、言葉よりも尊いものがたくさん、身体の外に出ないまま積み重なっている。それはあの頃のもどかしさや絶望とは少し違う。自分のために大切に持っていたいそれらは、言葉になる前の幼虫だ。もしかしたらそのうちのいくつかは、いつか言葉という蝶になって飛び立つかもしれない。けれど、永遠に幼虫のまま、心の中で飼い続けてもいいと思っている。

閉店の時間を過ぎ、片づけを済ませ、コートを着て帰る準備をする私の横で、店長はカウンター席に座り一冊の本を読んでいた。表紙には『今日からはじめる簡単手話』と書いてあった。

「三十歳の誕生日に買ったんだよね。途中でやめちゃったけど、今日からまたはじめようかな」

パラパラページをめくってみると、うどんと蕎麦とラーメンをあらわす手話が載っていた。それらの動きはすごく似ていたけれど微妙な違いがあるみたいだった。

「ありがとうの手話は、相撲の力士が賞金をもらうときにする手刀からきているんだって」

「え、お金をくれてありがとうなんて、あまりロマンチックじゃないですね」

もしかしたらあのふたりの会話も、そこまでたのしいものでもおもしろいものでもなかったのかもしれない。それでも私の瞼《まぶた》の裏では、ふたりから紡ぎ出されたあのやり取りが、いつまでもチカチカと爆《は》ぜ、消えずに美しく残った。

それからも何度かふたりは店にやってきた。緊張しいの店長は、「ありがとうございました」を伝えるだけでいっぱいいっぱいで、なかなか他の手話をお披露目するところまで至っていない。

乙女ごはん

「ふつうの白いごはんください」

「すいません、うちは白いごはん、置いていないんです」

白いごはんはないけれど、うちの店には日替わりで具材の変わる、炊き込みごはんがある。少し固めに炊き上げる炊き込みごはんは、汁物のうどんとよく合う。

きのこと鶏肉の炊き込みごはん
トウモロコシとバターの炊き込みごはん
トマトとズッキーニの炊き込みごはん
芽キャベツと桜海老の炊き込みごはん

旬の食材を使うことも多く、それをたのしみにしているお客さんも多い。仕入れの都合で早く無くしてしまいたい食材を使うときもあるので、意外な組み合わせのときもあるのだが、いつも上手いことまとまっていて、さすがだなと感心する。いりこと昆布でとった温かいうどんに使う出汁で炊き上げる、あっさりしつつも深い味わいの人気メニューだ。

秋になると、さつまいもとかぼちゃの炊き込みごはんが登場する。これは店で働く女性たちにとても人気があり、通称〝乙女ごはん〟と呼ばれている。あざやかな黄、ほっくりとした紫と緑は見ているだけでわくわくした気持ちになる。バターが隠し味で効いていておいしい。けれど川本さんがやってくる火曜の昼には、乙女ごはんは出ない。

川本さんは昼に店へ来ると、うどんと一緒に必ず炊き込みごはんを注文する。数年前のあの日も、いつものように炊き込みごはんを出したのだが、食べ終わったおぼんの上にはほとんど手がつけられていない乙女ごはんが残されていた。

「今日は体調、悪いんですか？　ごはん残していましたよね」

「ごはんに芋が入っていると、戦争を思い出すんだよ」

　私には食べ物の好き嫌いがない。うちの店のお客さんは、野菜の茎だけ、鶏肉の皮だけといった具合に、苦手な食感の部分をよける人はいるけれど、いわゆる食べ残しをする人はあまりいない。何度も来ているお客さんだと、苦手なものはわかってくるので、はじめから茎や皮を入れないようにすることもある。なので食べ残すお客さんは記憶に強く残る。そういう人を見ると、「贅沢者だなあ」という気持ちと「このおいしさがわからないなんてかわいそうだなあ」という気持ちを抱いていた。けれど、もしかしたらその人は、記憶で食事をしているのかもしれない。昨日まで好きだったものが、今日から突然食べられなくなるということが、いつか私にもやってくるかもしれない。誰かと食べた記憶、どこかで食べた記憶、それを思い出したくなくなる日がくるのかもしれない。

　そういえば、私はうどんと蕎麦だったら蕎麦のほうが断然好きだし、ここで働く前までは「毎日まかないがうどんだなんて、すぐに飽きそうだな」と思っていた。けれど今じゃ店が休みの日も、明日のまかないをたのしみにしている自分がいる。

　お客さんの流れが落ち着いたちょっとした時間や、ラストオーダーを終えたあとに、カウンターの端の席に座って食べるまかないは、お客さんとして来ていたときと同じものを食べても、違うもののように感じる。もっとおいしい。この記憶がいいものとして、いつまでも残ってくれたらいいなと思う。

　しかしそんなことを思っていても、炊き込みごはんがたくさん余った日のまかないに、親子丼、チャーハン、オムライスなんかが出ると、すごく嬉しい気持ちになるのだが。

定食おばあさん

うちの店には定食がない。そもそも、うどん屋の定食ってなんだろう。

丼物と、かけうどん。

刺身と、ざるうどん。

他のうどん屋に行くと、こういったメニューがあったりする。しかしこれだと、うどんが脇役のようになってしまう気がして、なんだかなという気持ちになる。うどん屋なんだから、うどんで勝負したいものだ。


二年ほど前からよく店に来るおばあさんは、いつも定食を注文する。

「定食ちょうだい」

「かしこまりました。お肉と卵、どちらにしますか？」

お肉だったら、牛肉の炒め物。卵だったら、だし巻き卵。それを炊き込みごはんと一緒に出す。酢の物とか、季節の野菜で作った煮びたしとか、副菜も添える。この〝定食もどき〟は、うどんひとつを頼むよりも、結構な値段がする。おばあさんはいろんなことをすぐに忘れてしまう。「うちは定食やっていないんですよ」とていねいに説明した十分後に「定食ちょうだい」と再び店にやってきたこともある。なのであるときから、〝定食もどき〟を出すことにした。

おばあさんはよく、店のすぐ近くにあるバス停のベンチに座っている。一日中ぼけーっとしているのに、昼ごはんや夜ごはんの時間になるとちゃんと店にやってくる。ボケていても腹時計はきちんと動くのが人間なのだろうか。〝定食もどき〟を食べ終えて会計も済ませた三十分後に、店に戻ってきて「定食ちょうだい」と言ってきたこともあるので、腹時計もあてにはならなそうだ。

おばあさんの財布の中は、潤っているときとさびしいときとの差が激しい。五万円入っているときもあれば三七〇円くらいしか入っていないときもある。そういうときは、とりあえず三七〇円をもらっておいて、次回以降の来店の際に、足りない分を少しずつ徴収するようにしている。レジの横のお客さんからは見えないところに、おばあさんの借金表がぺたっと貼ってあり、徴収した額を記入していくシステムだ。

私は以前店長に、おばあさんがたくさんお金を持ってきているときに一気に回収したほうがいいのではないかと提案したのだが「払っていないことを忘れているんだから、説明するのが面倒でしょ」と言われ却下された。


夏も終わりかけのある夕方のことだった。「定食ちょうだい」と、いつものようにおばあさんがやってきた。「今日は炊き込みごはんが終わっちゃったから定食できないんですよ」と私は言った。しばらくすると「定食ちょうだい」とおばあさんが再びやってきた。私は「今日は炊き込みごはんが売り切れてしまったから定食できないんですよ」と、初めてかのようにもう一度言った。

あの日を境に、おばあさんは店に来ていない。バス停のベンチのおばあさんの定位置には、空のラムネの瓶が、ずっと置きっぱなしになっている。明らかに邪魔なその瓶を、誰も片づける気配はない。

私はお客さんの好きな食べ物を知っている。嫌いな食べ物も知っている。しかし名前は知らない。そして毎日のように顔を合わせていたとしても、死んだことを知らないことがほとんどだ。昨日話をした誰かが今日死んでも、今日は生きていて明日は死んでしまっても、私にとってはどちらも同じ日なのだ。お別れがないというのは、死んでしまってもどこかでずっと生き続けているみたいだなと思う。架空の今日の表面だけを撫で続けているみたいな。

レジの横には、まだ五四〇円を残したままの借金表が貼ってある。三途の川の渡し賃って、いくらなのだろう。だいぶ黄ばんだその紙をいつ剥がすべきなのか、店長はまだ決めかねている。

三日月

夕方店を開けてすぐ、黒いキャップを目深に被った男の人が入ってきた。青年と大人のちょうど真ん中にいるような若い人だった。

普段ひとりで来たお客さんはカウンター席に通すのだが、店にはまだ誰もいなかったので、ゆったりと座れるソファ席に案内した。彼は店内を見渡すと、

「あの、奥の席に座ってもいいですか？」

と聞いてきた。

「どうぞ」

「すいません、ありがとうございます」

ここはいつも、私がまかないを食べる席だ。

今にも消えそうな細い三日月のような形をした華奢な耳たぶに、きらっと光る小さな石のピアスが、コロンと乗っていた。こんなに色っぽい耳たぶを私は

今までに見たことがない。この人の耳たぶの魅力を引き立たせるためだけに、このピアスが存在するのかなと思うくらい、よく似合っていた。

彼はあっという間にうどんを食べて帰っていった。食べ終えたどんぶりからは、まだうっすら湯気が立っていた。どんぶりを覗くと、麺はもちろん、小さくきざんだ青ネギや振りかけてある白ゴマもひとつ残らず無くなっていて、澄んだ出汁だけがきれいに残っていた。お箸は揃えて箸置きに置かれ、おしぼりもきっちり折り畳まれ、端に寄せてあった。お茶は一滴も残さず飲み干され、洗いたての湯のみと見間違うほどだった。

おぼんの上にその人があらわれると、いつだったか店長がぼそっと呟いたことがある。小さな頃から親にしつけられ、きちんとすることが癖になっている人もいれば、私たち店員が片づけやすいようにと思いやる人もいる。少し横暴な態度の人でも、おぼんの上を整えて帰っていく人には、少し好意的な感情を抱くことがある。逆に愛想がいくらよくても、食べ終わったあとのおぼんの上がおざなりな人には、勝手に失望したりもする。

「びっくりしたね。本物、色気やばいね」

ユウさんが、少し興奮気味に小さな声で話しかけてきた。店の近所に住んでいるユウさんとは、週に二回ほどシフトが一緒になる。どうやらさっきのお客さんは、人気アイドルグループのメンバーだという。テレビをほとんど見ないので知らなかった。

「めちゃめちゃ人気だよ、彼。CMとか、めちゃめちゃ出てるよ」

私はずっと下を向いてスマートフォンを触っていた彼の、耳たぶに光る小さなピアスのことを何度も何度も思い出した。

彼の存在を知ってから気にしはじめると、街の中は彼の顔と名前で溢れていた。本屋へ行くと、いくつもの雑誌の表紙に彼の顔や所属しているグループの名前が載っていた。レコードショップへ行くと、入り口のすぐ横には彼のグループの特設コーナーがあって、店員が書いた長文のメンバー紹介が展示されていた。電車のつり革広告、自動販売機、コンビニのお菓子売り場、いろいろなところで彼を見た。

彼はそれから二度、店にやってきた。どちらも夜の営業がはじまってすぐの時間だった。食事を終えた彼のおぼんの上は、いつも気持ちよく整っていた。

店には芸能人や業界人と呼ばれる人がよく来る。

大河ドラマに出ていようが、国民的長寿番組の司会者だろうが、大手事務所の社長だろうが、店長は誰に対しても態度を変えない。なので私たちアルバイトもそういうふうにやっている。ただ、当たり前の気遣いはする。お年寄りや、妊婦さんにはソファ席を案内するように、芸能人として働く人が来たときは、表から見えにくい席や、他のお客さんの死角になりやすいカウンター席に案内したりする。

いつだったか、若手の俳優らしい男の人が、裏口から出させてくれと頼んできたことがあった。彼がうちの店に来るのは、おそらく初めてだった。私は「すいません、裏口はお客様にはご案内できない決まりなので」と断ったが、まったく引き下がらないので、面倒になって裏口に通した。この日は店が混み合っていて、こんなところで時間を食うわけにはいかないと思い、私は行動したのだった。その日の閉店後、店長は私に注意した。「お客さんには誰であっても裏口は使わせないでって言ったよね。特別扱いしてほしいお客さんは、うちの店には必要ないからね」

このお客さんが帰ったあとのテーブルの上には、飲み終わったペットボトルが置きっぱなしになっていた。


アイドルとして働く彼の四度目の来店は、めずらしく昼間だった。昼時の店内は、近くのオフィスで働く人たちが一気にやってくるので混み合う。彼が店に入ってきてすぐ、三人で来ていたＯＬさんたちがそわそわしはじめた。その小さくも異質な空気が店内を少しずつ満たしていき、他のお客さんも彼に気づきはじめた。こんな空気の中で食べるうどんは、どんな味がするのだろうか。

店を出るには、ＯＬさんたちの前を通らなくてはならない。食事を終えた彼に店長は、

「裏口から出ますか？」

と声をかけた。

「大丈夫です。とてもおいしかったです、ごちそうさまでした」

そう言うと、彼はさっと店を出た。

OLさんのひとりは、店の外まで彼を追っていき、握手をしてもらっていた。彼のおぼんの上はいつものようにていねいで、おぼんとテーブルの間には二〇〇〇円がはさまれていた。

おつりの八九〇円を店長は半年ほど保管していたが、先日それを保護猫支援の募金箱に入れていた。

「あの男の子、この間テレビで、保護猫を飼っているって話してたから」

あの日以来、彼は店には来なくなり、代わりに連日のように彼のファンがやってくるようになった。

お茶泥棒

ある夏の暑い日、昼の営業をもうすぐ終えようとしていると、五十代くらいの女の人と男の人が店に入ってきた。男の人は縦《たて》縞模様のシャツを、女の人は横縞模様のシャツを着て、ふたりともベージュのチノパンを穿いていた。顔もどことなく似ていて、双子のような雰囲気だ。席に案内すると、しましまのふたりはキョロキョロと店内の様子を観察しはじめた。私はメニューと冷たいお茶を席まで持っていった。

ふたりはざるうどんを頼んだ。食べ終わると、温かいお茶がほしいと言うので、ポットに入れておいたお茶を、新しい湯のみに入れて持っていった。最初に出した冷たいお茶は、テーブルの上にまだ半分くらい残っていた。

閉店時間を過ぎたので、ふたりに声をかけようとすると、待っていましたと言わんばかりに「店長さん、今、手、空いていらっしゃいますか?」と女の人は私にたずねた。私は店長と入れ替わるようにして厨房に入り、片づけをした。店長は椅子に腰掛け、ふたりと話し込みはじめた。ただでさえ腰が低く、普段からペコペコしている店長が、いつも以上に小さく見える。また何か失態を冒してしまったのだろうかと心配になったが、終わったことは仕方がないので、片付けに集中しようと努力した。シンクに積み重ねられた食器を洗い、台拭きをハイターで漂白し、手拭きタオルを新しいものに取り替え、流しの網に溜まったゴミを捨てた。心臓の音が速くなっているのを気にしないように、意識をなるべく遠くのほうへ飛ばした。

椅子を引く音が店内に響いた。私は反射的に顔を上げ、急いで厨房を出て、ふたりが帰っていくのを店長と一緒に店の外まで見送った。

「誰だったんですか。私、また何かやらかしてしまいましたか？」

「お茶屋さん」

「え、すいません。気がつかなくて」

「いや、僕も初めて会ったから。いつも電話口で声を聞いていただけだったから」

うちの店で出しているお茶は、京都の老舗のほうじ茶だ。店長にお茶へのこだわりがあるのかどうかはわからないが、いつもお茶屋さんから直接送ってもらうため、一カ月に一度は電話でやり取りをしている。

店では昼と夜の一日二回、大きなヤカンでお湯を沸かし、一度に大量のお茶を用意する。

「出張で東京に来たんだって。注意されちゃった、お茶の淹れ方」

「すいません、私がケチだから……氷を入れすぎて薄味だったのかもしれません」

「お茶、ちゃんと味見してから出そうか」

「はい。気をつけます、すいません」

一年中、温かいお茶と冷たいお茶、どちらも作りポットに入れておく。お客さんが来るたびに毎回新しく淹れることができればいいのだけれど、少人数で回しているうちの店で、それをやるのはむずかしい。寒さで冷えきった人にとっては、両手で湯のみを持ってかじかんだ手を温められるくらい熱いお茶が嬉しいのだろうが、喉が乾いている人にはぬるめのお茶が喜ばれる。食事中は食べ物の味を邪魔しないように薄めに淹れたほうが好まれるが、食事のあとは熱く濃い一杯を味わいたい人もいる。でも、熱いお茶は時間が経つほど渋くなり苦味が勝ってしまうのでむずかしい。店には子どもも来るので、冷たいお茶も作っておく。冷たいお茶を準備するときに気をつけるのは氷の量だ。多すぎると味が薄くなる。こう考えてみると、お茶なんて廃止して水を出したほうが効率的で失敗もないような気がする。

お客さんの中には「このお茶、ほんとうにおいしいです。どこのものなんですか?」とたずねてくる人もいれば、ラーメン屋の水のように、出した瞬間にガブ飲みして何度もおかわりをねだってくる人もいる。うちの店で、こんなにいいお茶を出す必要があるのかいつも疑問に思うのだが、お茶のおかわりを持っていくたびに「ありがとう。ごめんなさいね、何度も。ここのお茶が大好きで」と言ってくる、若い頃はアナウンサーとして活躍していたという上品な老婦人の声を聞くたび、味見のしすぎでたぽたぽ音がする私のお腹も意味があるのかもしれないなと思ったりもする。

夜の営業中に事件が起きた。

金曜の夜はいつもふたりのアルバイトで店を回すのだが、この日はゆず子さんがシフトを忘れてしまって、私はひとりで奮闘していた。常連さんが多ければ「今日はひとりなんだね、大変だねえ」と、いろいろ気を遣ってくれたりもするのだけれど、その日はほとんどの席が予約で埋まっていて、しかもうちの店に来るのが初めてのお客さんが多く、メニューの説明をしたり、トイレの場所を案内したりと、やることがいっぱいあった。

はじめからなんとなく嫌な予感はしていた。この夜、三名の予約席に座ったのは、小学校高学年くらいの男の子と、中学生のお姉ちゃん、そして眼鏡をかけたお母さんだった。席に案内するなり、

「あら、トイレの近くなの。他の席に移れないかしら」

とお母さんが言った。

今日はもう満席で、予約の電話をいただいた順に席を案内している旨を伝えると、

「仕方ないわね。じゃあお母さんがここに座るわ」

とトイレにいちばん近い席に座った。

席に座って十分も経たないうちに、お母さんから二回ほどお茶のおかわりを頼まれた。自分の仕事のことよりも、まずはお客さんのこと。頭ではわかっていても、状況的にそのように振る舞えないことはよくある。できたてのうどんを少しでも熱いうちに食べてもらいたいからすぐに運ぼう。トイレの扉が開けっぱなしなので、すぐに閉めなくては。そうこうしていると、お茶を注ぎにいくまでに少し時間がかかってしまった。四度目のお茶のおかわりを頼まれたとき、お母さんが、

「お茶、ポットで置いておいてくださる？　自分で注ぎますから」

と言った。

お茶は毎回、店員が注ぐことになっている。お客さんが自由にお茶をおかわりできるように、ホールにポットを置くことを考えたこともあるのだが、狭い店内でうろちょろ動かれると危ない。うどんを運んでいるときに、ぶつかったりでもしたら大変だ。テーブルの上にひとつずつポットを置くのも、狭いのでむずかしい。そういったことを説明するのが面倒で、

「すいません、それだと平等じゃないので……。あと、メニューに烏龍茶もあ

ります」

と私は言った。するとお母さんは、

「それはどういうことですか？　お金払ってお茶を頼めってこと？　こっちはあなたに何度も頼むのは悪いと思って、親切で言っているんですよ。店長さん呼んでください」

と言った。烏龍茶は瓶で提供するので、たっぷりと量がある。いい提案だと思ったのに、それが裏目に出たようだ。

はあ、やってしまった。うちの店は店長がすべての料理を作っているので、こうなるとどうにか回していた歯車がすべて止まるのだ。店の外には、席が空くのを待っているお客さんもまだ数名いた。私の脳内には〝平等〟という言葉がこだまし続けていた。言ってしまった言葉を、取り消すことはできない。

店長が私の失態を謝っている間、仕方がないので他のお客さんにお茶を注ぎにいったり、注文を受けたりしながら、淡々と今できる仕事をこなし、店長の帰還を待った。さっきのお母さんのそばで膝をついてペコペコと頭を下げる店長を横目で見ながら、行き場のないよくわからない怒りが心の中で渦《うず》巻いた。

五分ほどして戻ってきた店長は、

「ポットはお客さんには出せないけど、大きなグラスでお茶を出すとか、ちょっと工夫してみて」

と言った。

目頭が熱くなっていくのを感じたが、一生懸命その感情を考えないように、大きなグラスにお茶を注いで持っていき、三人に謝った。帰り際、頭を下げて見送る私たちに、お姉ちゃんと弟はペコリと申し訳なさそうにお辞儀した。三人が帰ったあとのテーブルを片づけようと戻ると、お母さんの分だけ、お茶が半分ほど残っていた。

習い事

毎週木曜、夜九時を過ぎると店の電話が鳴る。

「もしもし、キタハラですけど、こんばんは。三人で入れますか？」

北原さんはバレエ教室の帰りに店にやってくる男の人だ。瘦せているわけでも、背が高いわけでもない、どちらかと言えば小さなおじさん。北原さんとその妻であるヨウコさん、そしてヨウコさんのお友達のエリさんの三人で、いつも仲良くうどんを食べて帰っていく。私はずっと、ヨウコさんとエリさんがバレエを習っていて、北原さんは食事のときにだけ合流しているものだとばかり思っていた。なので北原さんが嬉しそうに、白タイツを履いた発表会の写真を見せてくれたとき、とっても驚いたのだった。北原さんがバレエをはじめたのは、十五年ほど前だと言っていたから、四十代半ばの頃だろうか。

私は幼い頃から大学生になるまで、ピアノを習っていた。練習をするのが苦手で、家ではほとんどピアノを触ることはなかった。他の子たちは真面目に練習して、私よりも早く次の楽譜に取り組んでいたけれど、ひとり、またひとりと辞めていった。みんなが辞めていく最初の理由は、発表会だった。どうやら、自分と他の子とのレベルの差が気になるようだった。もう少し大きくなると、受験だ、部活だと言って、ピアノがみんなの人生のお荷物になっていった。私はいつまで経っても上達しなかったけれど、休まずに毎週通った。先生がレッスンのたびにご褒美にくれる外国のお菓子が、大人になるにつれて好きになっていき、それを食べることもたのしみだった。

もしかしたら、大人になってからはじめる習い事のほうが、面白いことなのかもしれない。その道のプロになるには遅すぎる。けれど、どれだけ真剣に取り組もうが、気楽にやろうが、誰かと比べることもない。自分の人生に悔いを残さないためだと考えれば、なんだってできるはずだ。先生だって自分で選んだり、変えたりできるし、いつでも辞めることもできる。お金も自分で払うので、やらされているわけでもないし、言い訳だって必要ない。

店の近くには、スポーツジムがある。そこには簡易な銭湯がついている。週に二度、そこで運動をしたあとにやってくる、四十代くらいの男の人がいる。肌のキメも細かく透明感があり、いつも石鹸の匂いがする。それでいて気取ったところのない人だ。彼は、鶏肉と卵を使ったかしわうどんを食べて帰る。額に汗を滲《にじ》ませながら、湯気の立っているうどんを勢いよくすする。せっかくお風呂に入ったあとなのになあと、いつも思う。

うちの店には、このスポーツジムに通っているお客さんが何人かいる。週に一度、火曜のお昼にやってくる四人組のおばあさんたちもそうだ。水泳教室のあとにやってきて、コーヒーまで飲んで帰っていく。

「やっぱり、歳にはあらがえないな。僕もお腹に肉がついてきたよね」

「そうなんですか？　痩せてるのに……。店長も、鍛えたいとか思うんですか？」

「僕、ジム行ってるよ。自転車で五分くらいの二十四時間やってるところ。でもね、行けたとしても週に一度だね。店を終えたあとに行くのは、なかなかキツイよ。しかもさ、何か食べたくなっちゃうの。夜中なのに。意味ないよね」

ピアノを習っていた頃に先生が用意してくれたお菓子を思い出す。大人はご褒美を自分で用意できる。好きな食べ物を食べたり、誰かとおしゃべりしたり。決まったルーティーンをこなす喜びだとか、自分のためにお金を使うとか。

薔薇

「ローズガーデンが見頃だから、今週よかったら遊びにいらしてね」

凛子さんが、お使い途中の私を見つけ、声をかけてきた。

「ありがとうございます。店長にも伝えます。たのしみです」

凛子さんは近所のこぢんまりとしたマンションにひとりで暮らしている。そのマンションが四十年くらい前に建てられた当時から、最上階に住んでいるという。いつも真っ赤な口紅をひいて、白い髪の毛をバレッタできれいにまとめている。凛子さんは自宅の小さなルーフバルコニーに、五〇鉢を超える薔薇を育てていて、毎年それらが一斉に咲きはじめる頃に、店長とアルバイトのことを招待してもてなしてくれる。バルコニーには、小さなテーブルと椅子が並び、私たちはビールを片手に、凛子さんお手製のサラダやマリネをいただき、聞いたこともないような薔薇の名前に耳を傾ける。

私が今働いているうどん屋の面接に来たのも、今日のような気持ちのいいよく晴れた午後だった。

空を見上げながら歩くのが私の癖で、店までの道すがらに見つけたマンションの上のほうに、こんもり茂る緑の葉っぱたちを見て、あのバルコニーではどんな植物を育てているのだろうかと気になったことを覚えている。

大学生になった私は、月に一度、幼なじみのユミちゃんと一緒に外食をすることが習慣になっていた。ユミちゃんとは幼い頃に同じピアノ教室に通っていて、そこで仲良くなった。ユミちゃんは、小学校から東京にある女子大学の系列校に通っていた。お洒落でセンスのいいユミちゃんは、いろんな場所へ私を連れていった。カフェや美術館、服屋。よく家族で外食をしているユミちゃんは、大学生になるとレストランやビストロにも私を誘った。訪れる店の人たちはみなユミちゃんと顔見知りで、とても親切だった。このうどん屋は、その中のひとつだった。

初めてこの店を訪れたとき、それまでうどんは安い食べ物だと思っていたので、一杯が一〇〇〇円くらいすることに驚いた。そして、うどん屋なのにうどん以外のメニューがたくさんあることにもびっくりした。ユミちゃんは慣れた様子で、春菊のサラダと、ふろふき大根と、だし巻き卵を「全部、半分の量でお願いします」と最後につけ加えて注文した。

この店のだし巻き卵を初めて食べたとき、私は冬の温泉に浸っているような気分になった。やわらかいだし巻き卵を一口含むと、空気を含んで重なった層がほどけ、舌の上で溶けていった。上にのっている大根おろしはふんわりしていて、降り積もったばかりの雪の表面を大事に集めたみたいだった。

ユミちゃんと食事をしながら、私はアルバイトに受からないことを話した。お金に困る学生時代を送っていたわけではなかったのだが、そろそろ自分でお金を稼がないと、人間として生きていくにはマズいかなと感じていた。そして何よりも、自分が生きるということで、消費するだけでなく、生産するという体験をしてみたいと思うようになっていた。

私は他人と話すことにはあまり興味がなく、友達がほしいと熱望したこともなかったが、人が出す音の中にいるのは好きだった。自分のまわりで人が動いたり、会話をしたり、食事をしたり、咳をしたり、本や新聞を読んだりしている。そういう空気の中にいると、自分が透明になっていくようで心地良かった。だから学校へも休まず通ったし、電車やバスに乗るのも好きだった。しかし私は、何かしらの目的がないと家の外に出るのが苦手だった。たくさんの音が散らばる空間で生き続けるにはどうしたらいいのかと考えたときに、飲食店で働くことが思い浮かんだ。本屋やコンビニの音よりも、飲食店で鳴る音がいちばん好きだった。それはおそらく、〝食べる〟という行為から広がっていく音の世界に何か惹かれるものを感じたのだと思う。気取ったり、隠したりできない欲望や日常が垣間見える音。それから私は、履歴書を書いて二〇社ほどに送ったが、面接までこぎつけることはあっても、すべてに落ちていた。

「私、アルバイトの面接、受けたことないからわかんないなあ。アルバイトしようと思ったこともないし」

とユミちゃんは言った。私たちはデザートのミルクプリンも食べた。

ユミちゃんは私と食事へ行くとき、いつも全額をクレジットカードで支払った。「きいちゃんは一〇〇〇円でいいよ」と言うので、私はいつも一〇〇〇円札を渡した。そのたびに私はユミちゃんのお父さんに、心の中で感謝の気持ちを伝えた。

帰り際、レジで会計をしていたユミちゃんが、席に座っている私を呼んだ。

「きいちゃん！　ここ、アルバイト募集しているよ！　ほら！」

レジの横には小さな紙が貼ってあり、そこには〝週一から働けます。まかないつき〟と書いてあった。ユミちゃんは、店長に私のことを紹介し、あっという間に面接の日程まで取りつけた。

「ここは私が小さな頃からずっと来ているお店だし、店長のマツダさんはとってもいい人だし、きいちゃんここで働けるといいね」

そういう経緯で私はここで働くことになった。

アルバイトの面接であれだけ落ち続けた私は、就職試験なんてどこも受からないだろうなと思ったし、ここで働くことが好きだったので、大学を卒業したあともずっとこの店でアルバイトとして働いている。

昼

店が休みの日にこの街にやってくると、なんだか気恥ずかしい気持ちになる。店で働く日は、この街の景色が全部、私の身体の真ん中を通り抜けていくように感じるのに、店で働かない日は、全部の出来事が身体の外側で消化され、消え去っていくような感覚になる。いつも食材を買う八百屋も、肉屋も、トイレットペーパーを買うために立ち寄るドラッグストアも、なんだか他人行儀な感じがして、少し緊張しながらそれぞれの店の前を通り過ぎる。

お昼をまだ食べていなかったので、駅前の蕎麦屋に入った。もう二時を過ぎているというのに、狭い店内はまあまあ混み合っていた。私は案内されたカウンター席に座り、温かい山菜そばを注文した。

今までも、母やユミちゃんに誘われない限り、私はほとんど外食をしなかったけれど、店で働くようになってからさらに外食をする機会が減った。朝は家で適当に済ませ、昼と夜は店のまかないを食べる。食材や炊き込みごはんが余ると店長が持たせてくれるので、それを家で食べることも多い。単純に考えてみると私の身体の三分の二くらいは、店のものでできている。

山菜そばを啜っていると、ガラッと扉が開く音がしたので、反射的に入り口のほうに目をやった。自分の働く店でなくても、自然と音に反応してしまう。うどん屋で働くようになってしばらく経ったある日、母と近所のとんかつ屋に入った。そのときのことをよく覚えている。まず、店員の声の大きさにびくっとした。次に、お冷とおしぼりの置き方、注文を取る際の立ち位置。店員の立ち振る舞いのすべてが、異常なほど気になった。とんかつ屋だけではなく、どの飲食店に入っても、同じだった。まるで特殊な眼鏡とか、聴こえない音が聴こえる補聴器でもつけているかのように、世界が違って見えるようになった。

蕎麦屋に入ってきたのは三十くらいの女の人と男の人で、このとき空いていたのは、カウンターの一席だけだった。パッと店内を見渡すと、五十代くらいの男性客が二人がけのテーブル席に座っているのが目に入った。私がこの店の店員だったら、あのおじさんに席を移動してくれるように頼むだろう。そんなことを考えていると、若い男の店員が、おじさんに声をかけた。

「お客様、ただいま席が混み合っておりまして、可能でしたらカウンターのお席にご移動いただけますとありがたいのですが」

ナイスプレイだと、私は思った。すると、おじさんは、

「わかった、帰る」

と言って、明らかに機嫌が悪そうな態度を取って店を出ていった。おじさんが注文した品は、まだ来ていなかった。入り口のところで待っていた先ほどのふたりは、何事もなかったかのように、おじさんが座っていた席に座り、ビールを頼み、ふたりで注ぎ合いながら飲みはじめた。少しすると、つまみの蕎麦豆腐と、だし巻き卵がテーブルの上を彩った。この調子だと、注文は二〇〇〇円を上まわるだろうから、さっきのおじさんが帰ってしまっても、マイナスにはならないだろう。

さっきのような状況は、うちの店でもよくある。うちの店の場合は、たいてい常連さんが自ら動いて席を空けてくれるし、「すぐに食べ終わるから！」と

急ぎ気味で食事を済ませ、さっと帰ってくれることが多い。駅から遠いうちの店は、わざわざ食べに来てくれるお客さんや、近所に住む常連さんが多い。同じ街の麺を出す店でも、まったく違うんだなあと思った。

蕎麦を食べ終え会計を済ませ、店までのいつもの道を十分と少し歩く。昼間、この道を歩くことは珍しい。不動産屋の前に椅子を出して座っているおじいさん。その足元でゴロンと寝そべる大きなベージュの犬。店の前でタバコをふかしている電気屋の息子。横断歩道の向こうから、和菓子屋のおじいさんがふらふらと自転車を運転しながらこちらへやってくる。

「こんにちは」

と、声をかける。少し通り過ぎてから、きゅっと自転車が止まった。

「ああ！　うどん屋さんか！　エプロンしてないとわからないねえ。出勤？がんばってね」

川本さんの家の庭の木は、数日前に植木屋が来てきれいに整えていった。そのおかげで通りやすくなった塀の上を、するすると猫が歩く。それから、自分の働く店の前を通り過ぎた。ひっそりと息を潜めて、私を見送る店。

店から五分ほど歩くと、皮膚科がある。店から近いのでここへ通いはじめたのに、店の定休日に予約を入れてしまったのだ。数日前にこのことに気づいたときは、少し気分が落ち込んだけれど、この間ユミちゃんと出かけたときに買ったワンピースを着て、この街の日差しの中を歩くのは、なかなか悪くないなと思った。

ミーツ・ガール

彼女はいつも夜遅く、閉店間際に店へとやってくる。私と同い年くらいだろう。閉店を知らせる看板を店の扉にかけようと外へ出るタイミングで、かけ足でやってくる彼女と鉢合わせたことが何度かあった。

「すいません……、もう終わりですよね」

「大丈夫です。ラストオーダーとなりますが」

「ありがとうございます！　急いで食べます」

ちいさな白い花の香りがふわっと薫ってきそうな、清らかな雰囲気の人だった。気持ちがよさそうな素材で作られたベージュや白の服を着ていて、身につけているアクセサリーはすべてゴールドで揃えられていた。黒で統一された革の鞄や靴は、きちんと手入れされている。かっちりしているのに、ほどよく力の抜けた感じの、すらっとした彼女からは、すれ違うと本当にさわやかで甘やかな匂いがした。

彼女はいつも、肉うどんを野菜抜きで注文する。毎回、本当に申し訳なさそうに「すいません、野菜抜きでお願いできますか?」とたずねてくる。

肉うどんには、牛肉と玉ネギとピーマンを炒めたものがのっている。店長は彼女のための肉うどんを作るとき、最初に肉と玉ネギを一緒に炒めて、そのあとに玉ネギをひとつひとつ取り除く。玉ネギの甘みを肉に絡めることが大切らしい。

「いつも、ぎりぎりですいません。とってもおいしかったです。また来ます」

「お仕事、いつも遅くまで大変ですね」

会計をするためにレジまでやってきた彼女に、店長が言った。

「私、美容師をしているんです。今日は肉うどんをたのしみにして頑張れました」

夏を過ぎた頃、彼女の仕事は前よりも終わるのが遅くなり、うちの店の閉店時間に間に合わないことが増えた。店長は「あの子が来たら、なるべく入れてあげて」と言う。しかし、彼女を見ない日がしばらく続いた。

そんなある日、いつものように閉店の看板を出そうと店の外へ出ると、向こうのほうから見慣れない乗り物に乗って、彼女が颯爽とやってきた。

「あ、お久しぶりです。どうぞお入りください。それ……その乗り物、よかったら店の裏口に置きましょうか?」

「わあ、ありがとうございます。助かります。私、自転車に乗れないんです。免許も持っていないからバイクは無理だし。だからキックボードを買いました」

キックボードで来てくれた彼女には申し訳なかったのだが、その日は肉がすでに売り切れてしまっていた。彼女は野菜だけでなく、わかめや梅、練り物も食べられないと以前聞いていたので、私はハラハラしながら注文を待った。

「すいません、月見とろろうどんをネギ抜きでください」

「あの、とろろって野菜ですよ。大丈夫なんですか?」

「大丈夫です。とろろと、じゃがいもと、さつまいもと、かぼちゃは食べられるんです」

店にはアルバイト募集の張り紙が一年前から貼ってある。

「店長、いい加減もっと真剣にアルバイトの募集しませんか。そろそろ限界ですよ」

「うちの店が好きな人がいいんだよなあ。野菜抜きの女の子みたいな素敵な人が来てくれないかなあ」

「あの野菜抜きの子、すんごく人気の美容師さんでしたよ。この間、友達の家にあった雑誌で見ましたもん。あの子の着ている洋服とか、おうちのインテリアも特集されていましたよ」

その日の夜、彼女が少しだけ早い時間にキックボードに乗ってやってきた。そしていつも通り野菜抜きの肉うどんを食べ、会計を終えると、

「あの、アルバイトってまだ募集していますか？」

と言った。他のお客さんはもうすでに帰ってしまい、店には私たちだけだった。

彼女は鞄の中から履歴書を取り出した。そして、週に一度の美容室の休みの日にしかシフトに入れないこと、いつか自分の店を持ちたいのでお金を貯めた

いこと、もっと接客について学びたいということ、うちの店のうどんが好きなことなど、一生懸命にアルバイトをしたい理由を話してくれた。しかし店長も私も嬉しさと驚きのあまり、彼女の話が上手く頭に入ってこなかった。彼女は即採用となった。

彼女は私よりも少し年上だった。一緒に働いてみると、彼女は要領がいいわけでも、ものすごく仕事ができるわけでもなかったが、とにかくいつも一生懸命で、思いやりのある人だった。

彼女が店へ出る火曜の夜は売り上げが伸びた。彼女の友人たちが店に足を運んでくれることも理由のひとつだったが、彼女がいるだけで、店の雰囲気も、いつものメニューも、なんだかお洒落に見えてきて、魔法のような感じがあった。それでいて彼女が作り出す空気には浮ついたところがなく、店に馴染んでいた。

彼女はとにかくパワフルな人だった。美容師としての店での仕事だけでなく、雑誌の撮影や結婚式でのヘアメイクを引き受けたりもしていた。彼女は友達と食事へ行くのが好きで、うちの店で働き終えたあとに、ひょいっと夜の街へ繰り出すこともしょっちゅうだった。なかなか貯金が増えないとよく嘆いていた。好きな服を着て飲み歩く彼女の姿を見るたびに、たくましいなと思った。そして私も月に二度ほど、彼女とシフトが一緒の日にお酒を飲みにいくようになった。

「きいちゃんの第一印象は、ちょっと怖い人だなって思ってた。私が野菜抜きでって頼んだら、無表情のまま、ネギも抜きますか？　ゴマは大丈夫ですか？　って聞いてきたでしょ。あのときは怒られているのかな？　嫌われているのかな？　って思ったけど、何度かお店で接客してもらううちに、そうじゃなさそうだなって。でも、一緒に働くのはものすごく緊張した。だって全部の説明を、自動翻訳機みたいに話すから。それもすごくていねいにスラスラと。でも、私が同じことを何度聞いても、嫌な顔しないで教えてくれて。まあ、真顔だからやっぱりちょっと怖いんだけどさ。あはは。でも、きいちゃんはとても素直ないい子だよねえ」

彼女は白のナチュールワインが好きだった。私も真似をして、同じものを頼むことが多かった。

彼女が働く美容室で、初めて髪を切ってもらった日、かろやかに無駄なく動く彼女は堂々としていて、知らない人のように見える瞬間が幾度もあった。シャンプーは優しすぎない力加減でとても気持ちがよかったし、短すぎず長すぎない絶妙な長さで揃えられた髪の毛先を、その日私は何度も指で触ってはウキウキした。彼女に髪を切ってもらうというのは、私という人間が誰かにちゃんと眼差《まなざ》され、大切にされていると感じる体験だった。頭をそうっと撫でてもらっているような、やわらかいガーゼに包まれているような、懐かしい優しさを思い出した。帰り道、どうしてだか涙がポロポロと落ち、私の頬をぬらした。

彼女が店で働きはじめてからもうすぐ一年が経とうとしていたクリスマスの日、

「あの、今日、すごく素敵な物件を見つけて、さっき契約してきちゃいました。春になったら、自分の店をはじめようと思います」

と彼女は店長に宣言した。

彼女が店を辞めてから二年が経った。いまだに火曜のシフトを組むとき、私は彼女の名前を書いてしまいそうになる。そして野菜を残すお客さんを見かけるたびに彼女を思い出す。

私の髪は、今も彼女に切ってもらっている。働くことは美しいことだと、彼女や店長を見ていると感じる。それは自分の店を持っているからだとか、そういう理由ではなく、居るべき場所を見つけ、真面目に働き、それがひとつのありふれた風景になっているからだと思う。その姿をずっと見ていたい。

この店は私にとって、居るべき場所なのだろうか。居てもいい場所なのだろうか。多くの人は、人生の半分を働くことに使う。働く人を見て美しいと思える私はすごく幸せ者なのだろう。美しい風景を、毎日のように眺めている。

バイク王

幼い頃、お風呂で、濡らしたガーゼのタオルを膨らませて遊んだとき、ぷくんとしたこの膨らみの中に入ってみたいなとよく想像していた。すぐにぷしゅーっとしぼんでしまうのに、その膨らみは何よりも私のことを守ってくれるように思った。ふんわりと被せられた白くて薄い膜が、見なくてよいもの、触れなくてよいものから遠ざけてくれる。そんなことを、水面をたゆたう膨らみを見ながら考えていた。

店の中にいると、ここはあのガーゼの膨らみの中みたいだと思うときがある。店の外で起こることがすべて、とても遠くの世界の出来事のように感じる。だから、店の扉がガラッと開き、お客さんが出たり入ったりしていくたび、ここが外の世界と繋がっていたことを思い出して、私はハッとする。

外の世界で、バイクのマフラーの威勢のいい音がしている。くぐもったその音が近づいて、パタリと急に鳴りやんだ。来たぞ、と私は思った。しばらくすると、男の人が入ってきた。頭にバンダナを巻いたイカツイおっちゃんは、常連さんだ。胸まで伸ばしたグレーの髪を一本に束ねている。本当に馬のしっぽみたいな、見事なポニーテールだ。デニムのポケットに両手を突っ込み、目を細めながら、こちらに向かってちょっと偉そうに歩いてきた。私はペコリと頭を下げ、挨拶をした。

「いらっしゃいませ、二名様でよろしいでしょうか？」

「うん、ふたり」

しばらくして、おっちゃんの連れの人も店に入ってきた。

おっちゃんはいつも、黒くて大きなハーレーのバイクにふたり乗りしてやってくる。運転しているのは、小柄でいつもニコニコしている、キュートなおばさんだ。彼女は、長く伸ばした白髪をふたつに分けて、細くきれいに三つ編みにしている。

おっちゃんはふたつ隣の駅で床屋をやっている。一度、店長に教えてもらって、床屋の前を通りかかってみた。店の中には大きなハーレーが鎮座しており、床屋というよりも、中古のバイク屋のような雰囲気だった。床屋の代名詞である赤・白・青の縞がぐるぐると回る看板が、まぬけな感じで店の外壁からにょきっと顔を出し、申し訳程度にここが床屋であることを証明していた。外から覗いた感じだと、店の中にはおっちゃんしか見当たらなかった。どんな人が、ここで髪を切るのだろうか。

この日、おっちゃんとおばさんは、なんだかいつもよりもたのしそうな雰囲気だった。テーブルの下には、小さな発泡スチロールのボックスが置いてある。

「魚ですか?」

「見る?」

そう言って開けられたボックスには水で満たされた透明なビニール袋が入っていて、その中では、ピンク色をした魚がつまんなそうに必死に泳いでいた。魚のおでこにはトサカのようなものが生えていた。

「え、これ、釣ったんですか?」

「こんなの釣れないよ。これ、ペット。買ってきたの」

「熱帯魚ですか?」

「そう。これ、ユニコーンっていうやつ」

「へえ、オモチャみたいな色ですね。魚、いろいろ飼っているんですか?」

そうたずねると、おっちゃんはスマートフォンを取り出していくつか画像を見せてくれた。時間の経った鯛の刺身みたいな色をした小さな魚。紫にも黒にも見えるような、ぬめっと光る魚。カメレオンみたいな色をした細長い魚。尾びれが身体よりも大きな魚。いろんな魚の写真が収められていた。


「きいちゃん、いりこ、やっておいて」

店長はそう言って、買い出しに向かった。

温かいうどんの出汁は、いりこと昆布から取る。いりこは人差し指くらいの大きさの魚だ。毎週、煮干しになったいりこがビニール袋にびっしり詰まって届く。

出汁を取るための下準備は、いりこの頭をポキッと折るところからはじまる。

次にいりこのワタを取り除く。背骨を真上から、少し弱めの力でギュッと押すと、お腹のところに縦にヒビが入る。その割れ目から、黒い塊を取り出す。これがワタだ。頭とワタを取らなくても出汁は取れるのだが、この一手間をかけると全然味が違うのだ。透き通るような、すっきりした味わいになる。

大きな鍋いっぱいに、先ほどのいりこを浮かべて煮出す。鍋から出汁が吹き出ないように見張っている間、水に浸かったいりこを見ていると、頭はもうついていないのに生き返りそうな気がして、いつもゾクッとする。あのピンク色をしたユニコーンという魚は、煮たらどんな色になるのだろう。

人類が魚をペットにしはじめたのは、いつからなんだろう。メダカや金魚は、食べてもおいしくないのだろうか。近所の喫茶店の水槽の中で泳ぐ魚たちを見るたびに気になるのに、食べてみたこともなければ、食べようと思ったこともない。

リトルミイ

私は子どもにも大人にも敬語を使うし、店のマナーに反していると思ったら注意をする。何度も注意をすると「ほら、また怒られた！」と子どもに言う保護者がいる。怒っているわけではないのにな、と思う。子どもがひとりでできないことは手伝うし、フォークやスプーンのほうが食べやすそうだと思えば持っていく。でもそれは他のお客さんにだって同じだ。子どもでも大人でも、その人が気分よく食事をして帰っていくことを考える。香水の匂いが強いお客さんがいれば、その人のまわりにはなるべく他のお客さんを案内しないし、妊婦さんや小さな子どもは、椅子よりもソファのほうが座りやすいだろうから、なるべくそちらを案内する。店の空気を作りあげるということは、お客さんたちとの共同作業だ。例えるなら、全員が主演で、全員が脇役。店員もお客さんたちも同じ舞台の上で、ひとつの演劇を作り上げている感じだ。

ときどき、〝子どもという存在は無条件にかわいがるものだ〟という価値観をこちらに押しつけてくる保護者がいる。でも、私が猫や犬を見てもあまり感情が動かないように、世の中には子どもに対して何も感じない人だっている。それどころか、過去の記憶や体験から、子どもを見るだけで悲しくなったり、怒りの気持ちを抱く人もいる。

私の子どもに対しての態度は、何人かの保護者を腹立たせてきたけれど、この振る舞いを肯定してくれるようなお客さんもいる。そのひとりが、毎週バイオリンのお稽古の帰りにお母さんとやってくるミイちゃんだ。細い筆でシュッと描いたような切長の目から覗く、黒々とした瞳。ミイちゃんの眼を通すと、何もかも本当のことを見透かされているような気がする。私が子どものことを〝小さなひとりの人間〟として想っていること。そのことを、見えない言葉で大丈夫だと励ましてくれるような人。

ミイちゃんがうちの店に初めて来たのは、五歳くらいの頃だ。土曜の昼にやってきた彼女の目は真っ赤だった。お母さんの手にはバイオリンのケースがあった。

席に座ったミイちゃんは、声も出さずにテーブルに顔を突っ伏し、動かなかった。うどんができあがり運びにいっても、顔をあげない。

「ほら、おねえさん困ってるわよ。ミノリ、ちゃんとしなさい」

そう言われてやっと顔をあげたミイちゃんの、花柄模様の水色のワンピースの袖は、涙と鼻水でぐじょぐじょだった。

お母さんが取り分けた、小さなお椀に入れられたうどんを睨んだまま、しばらく口をつけなかったミイちゃんは、それでも最後には汁まで飲み干して「ごちそうさまでした、おいしかったです」と店長と私に言って店を出ていった。

次の週の土曜日の昼も、ミイちゃんはバイオリンのお稽古の帰りにやってきた。自分でバイオリンのケースを持ちたがり「ぶつけるから、やめて」とお母さんに注意されていた。

「バイオリン、習っているんですか?」

会計のときにたずねると、ミイちゃんはゆっくりと噛み締めるように首を縦に振った。

小学生になると、ミイちゃんはひとりでバイオリンのお稽古に通うようになった。学校が終わると学童保育所へ行き、そのあと、一旦家に戻ってランドセルを置き、バイオリンのお稽古へ向かう。お稽古が終わると、うちの店に来てお母さんの帰りを待つ。

ミイちゃんのお母さんはいつもピシッとした黒いスーツやワンピースを着ていて、ヒールのある靴を履いている。ミイちゃんは大好きなだし巻き卵をほとんど全部ひとりで食べ、ざるうどんも食べて、最後にアイスクリームを食べる。お母さんは、ミイちゃんが食事をする姿をつまみにでもするようにビールを飲み、ミイちゃんが少しだけ残しただし巻き卵をさらい、最後にあたたかいうどんをひとつ頼む。それぞれがそれぞれに、自分の食事を満喫している風景は、見ていて心地よいものだ。

ミイちゃんが仕事から帰ってくるお母さんを待つ姿を見るたびに、私にはいつも思い出す記憶がある。

私が小学校三年生の頃のことだ。その日、母は知り合いのお葬式があり、帰りが遅くなるということだったので、ふたりで外食をする約束をしていた。私はピアノのレッスンが終わったあと、近所の中華料理屋へ行って、母を待つことになっていた。

　ピアノへ行く前に、明日の授業で使う書き方ペンを買うため、駅前の文房具屋に立ち寄った。

　文房具屋の入り口の近くには、キャラクターのイラストが描かれたメモ帳、ぷっくりとしたシール、匂いつきのペンなどきらきらしたものが並んでいた。書き方ペンは、店の奥のほうの少し暗くてひんやりした場所にあった。私は書写の授業に使っているものと同じペンを探し出し、会計をするためにレジへ向かおうとした。すると、ペン売り場のすぐ目の前の棚に色鉛筆のコーナーを見つけた。

　一二色、二四色、三六色。まだ誰にも使われていないきれいな色鉛筆たちが、きちんと背筋を伸ばして並ぶ姿は、美しかった。私はその中から黄色いクマのキャラクターのケースに入った一二色入りのものを手に取り、ピアノのレッスンバッグの中へ入れた。そして書き方ペンをレジに持っていこうとした。

「ちょっと」

後ろから男の人の声がした。振り返ると、眼鏡をかけて紺色のエプロンをつけたおじさんが立っていた。

おじさんは私に、どうして盗んだのか、小学校はどこか、家の電話番号は、名前は、年齢は、と聞いてきた。

私の目からはポロポロと涙が溢れ、とめどなくこぼれた。私はおじさんの質問に、ひとつも答えなかった。

埒《らち》があかないのでおじさんは「じゃあ、このあたりの小学校に全部電話して聞いてみるからね」と言った。私の名前はピアノの楽譜の裏に書いてあったので、自分の口から言わずともバレた。

「嫌です。おねがいします。今日、絶対にお母さんとふたりで謝りにきます。今日もしこなかったら、明日学校に電話してもいいです。絶対、今日きます。信じてください、おねがいします、おねがいします」

あまりにも泣きすぎて私は少し過呼吸になった。それでも、何度も何度もごめんなさいとおねがいしますを繰り返した。呆れたおじさんは今日の夜八時までに絶対に来るようにと言って、私を解放した。

ピアノのレッスンは、さんざんだった。泣いている理由を言わない私に、先生は困っていた。ピアノにはほとんど触れずに、泣きやむことに時間を費やした。

焦り、心配、言い訳。いろんな気持ちが頭の中をぐるぐる渦巻いているのに、どこかぼんやりとしたまんま、母と約束した中華料理屋へと向かった。油で黄ばんだ掛け時計が刻一刻と文房具屋の閉店時間に近づく。早く母に来てほしい気持ちと、永遠に来てほしくない気持ちが入れ替わりたちかわり私の胸の中にやってきた。

喪服を着て店に入ってきた母は、いつもより歳をとって見え、少し怖かった。母は席に着くと「待たせてごめんね、何食べる?」と聞いてきた。私はテーブルの下で組んだ自分の手の爪を見つめながら「なんでもいい」と小さな声で答えた。母は「えー、それがいちばん困るんだけど。じゃあ、いつもの餃子とチャーハンと五目タンメンにしようか」と言った。母は人と会う予定があるときは餃子を食べたがらない。これから文房具屋へ行くことを考えると、餃子はやめたほうがいいだろう。「餃子より春巻きがいい」と私は言った。

食事が運ばれてきた。何もしゃべらない私に、母は「元気ないね？　何か学校であった？」と聞いた。私は「別に」と答えた。食べる前に言うべきなのか、食べ終わったあとに言うべきなのかわからないまま、ただただ時間が過ぎていった。「何？　食欲ないの？　せっかくの外食なのに」と呑気に呟く母。これから母のことを犯罪者の親にしてしまうのかと思うと、再び涙が溢れてきた。春巻きをパリパリ音を立てながら食べていた母は、「えっ、どうしたの？」と驚いた。

私はポツリポツリと、今日の出来事を話した。母は「何時までやってるの？　文房具屋さん」と言った。「八時」と私は答えた。秒針の動く音がやけに大きな店の時計は七時四十二分を指していた。母は急いで会計を済ませると、私を自転車の後ろに乗せた。パンプスのかかとを上手にペダルに引っ掛け、すごい速さで漕いだ。黒いストッキングを履いた細い足が、ぐるぐると回転する様子を、私はぼーっと見ていた。

店に着くと、母はカツカツと足音を立てながら店員のところへ直行し、なにかを話した。しばらくすると奥からさっきのエプロンのおじさんが出てきた。

私たちは店の奥の休憩室のようなところへ案内された。母は頭を下げて淡々と謝った。私は反省して見えるように、下を向いて運動靴の爪先《つまさき》を眺めた。このときもやっぱり涙は出たのだが、私は少し晴れやかな気分になっていた。母に今日の一部始終を中華料理屋で伝えた時点で、ひと仕事終えた心地だった。ひと通りの謝罪が終わり、店をあとにしようとしたとき、書き方ペンの売り場の前を通った。

「お母さん、まだ私、書き方ペン買ってない」

「そうなの。じゃあ、買って帰りましょう」

帰り道、私たちはひとことも話さなかった。次の日の朝も、何事もなかったかのように、母に起こされ朝食を食べ、ランドセルを背負って学校へ行った。

次の週のピアノのお稽古のとき「今日はご機嫌ね」と先生が言った。私は「いつも通りです」と応えて楽譜を開いた。すると一〇〇円玉がコロンと転がって鍵盤の上に落ちた。それは、書き方ペンを買うために母からもらったお金だった。

ひかれ髪

いつも必ず予約をして店にやってくる吉田さん夫妻は、十年来の常連さんだと店長が言っていた。

奥さんは明るくて健康的な雰囲気で、南国のリゾートが似合いそうな、とてもお洒落な人だ。とある春の日は、裸足に紺色のエナメル素材のバレエシューズを履き、白いパンツを合わせていた。その隙間から少しだけ見える足首が白く光って美しかった。冬のある日は、やわらかそうなベージュのタートルネックのセーターに、細身のデニムを合わせ、白いスニーカーを履いていた。髪の毛はゆるくひとつに結んでいて、いつも白ワインを頼む。旦那さんは、アメリカ映画に出てくるコメディ俳優のような、ひょうきんな、髭がよく似合うぽっちゃりとした人だ。追加で注文を頼むときには、出っ張っているお腹をポンと叩いて「本当は我慢しなくちゃいけないのにねえ」と言う。ふたりとも、歳は五十代くらいだろうか。

ある日、いつものように吉田さん夫妻から予約の電話がかかってきて、「今日は三人でお願いしたい」と言われた。お友達でも連れてくるのだろうか。吉田さん夫妻が他の人と一緒に過ごす姿を見たことがない。

予約の時間ぴったりにやってきた吉田さん夫妻の後ろには、眼鏡をかけた小さな女の人がついてきていた。

「いらっしゃいませ、こんばんは」

声をかけると、その女の人は少女のような声でゆっくりと挨拶を返した。

「こんばんは〜」

「こんばんは。僕たちの娘なの。よろしくね」

「こんばんは。ずっと連れてきたいと思っていたのよ」

私が注文を取りにいったり、注文を受けた品を持っていくたびに、小さな女の人は「おいしそう！　ありがとう〜」と言った。そして、ゆっくりと少しずつ、愛おしそうに食べ物を口へ運んだ。彼女と同じペースで、吉田さん夫妻はいつもよりのんびりと食事をした。

彼女はとても幼く見えたが、おそらく私と同じくらいだろう。それからも何度か、吉田さん家族は店に来て食事をした。彼女はよく、私のことを褒めた。

「おねえさんの髪の毛、つやつやで素敵ねえ」

「おねえさんの目、茶色くてかわいいねえ」

私の容姿を褒める人は、今までの人生でユミちゃんと母や祖母くらいしかいなかったので、少し驚いた。「あ、ありがとうございます」と、そのたびに彼女にお礼を言った。

新しくはじまった吉田さん家族との日々が、これから続いていくのだと思っていた私は、三人が引っ越すと聞いても、なんだか信じられなかった。

「この子が少し前から働いていて、そこに近いところへ引っ越すことになったの」

「今までみたいには来れなくなっちゃうから寂しいわあ」

そう言う吉田さん夫妻は、少し嬉しそうだった。

「おねえさん、これ私のパン屋さんのチラシ、あげる。よかったら来てね！」

そう言って渡された紙には〝地域活動支援センター『コスモス』ひとつひとつていねいに作った手作りパンを是非！〟と丸いフォントで書かれていて、コック帽を被ったクマのイラストが描かれていた。


それから一ヵ月くらいたったある夜のことだった。めずらしく夕飯を家で食べていると、固定電話が鳴り、母が受話器を取った。電話をするとき、母はいつもより少し高い声になる。私は昔から、このよそ行きのしゃべり方がどうも苦手だった。学生の頃はこの声を阻止するべく、電話が鳴ると真っ先に受話器を取っていたことを思い出しながら、私は回鍋肉《ホイコーロー》を食べ続けていた。

母はしばらく電話口の相手と挨拶のような会話をしたあと、受話器の下の部分を手で隠して声を拾わないようにしながら、私に受話器を渡した。

「きぬ子、ヨコザワさんという方から。中学の同級生だって」

すぐに受話器を受け取らなかった私を見て母はおそらく、私が横澤さんのことを覚えていないと思っただろう。しかし、私は自分でもびっくりするくらい、一瞬にしてはっきりと彼女を思い出していた。

ふくよかな彼女の身体が、少し窮屈そうに制服のブレザーに包まれていたこと。たいてい、右の靴下だけが下がっていたこと。いつも申し訳なさそうに、しかし無邪気に微笑む彼女のやわらかい表情。その顔には、にきびがいっぱいあったこと。ピンク色の下敷き。鉛筆についた歯形。粉々になった消しゴム。それらが鮮明に脳裏に浮かんだ。電話越しの彼女は、もう思春期のあの身体を脱ぎ去り、私と同じように大人の姿に変わっているはずなのに、まるであの頃のまま、時間が止まっているみたいに、制服姿の彼女がはっきりと頭の中に蘇《よみがえ》った。

「もしもし」

「山下きぬ子さんですか？　横澤夏美です。こんばんは！　わたしのこと覚えているかな？　あはっ。突然電話しちゃってごめんなさい！　あはっ。中学のときの連絡網を見て、電話したの」

彼女の声は、あのときと少しも変わっていなかった。もう十年以上経っているのに、私だけが歳をとってしまったみたいな、不思議な感覚だった。

「あ、うん。こんばんは。覚えています。久しぶり」

彼女とは中学の三年間、ずっと同じクラスだった。私と横澤さん、そして学級委員の町田くん。私たち三人はお互いをどこかでずっと、観察し合いながら過ごしていたのかもしれない。

入学したとき、横澤さんの座席は、私のひとつ前だった。横澤さんは、よくひとり言を小さな声でぶつぶつと話していた。ときどき、何かが見えるかのように宙を見上げたまま止まったり、授業中に突然教室から走って飛び出していった。

クラスの中には「横澤って、クサい」「あいつの髪の毛、フケだらけ」と言い、彼女を避ける人も何人かいた。確かに、横澤さんからは埃に少し汗が混ざったようなくぐもった匂いがすることがあったけれど、そこまで近寄らなければ気にならなかった。横澤さんの髪の毛についているフケは、彼女が髪の毛

をかきむしったり、何度も結び直したりすると、私の机の上に落ちてくることがあった。それには少し困ったので、

「横澤さん、あまり髪の毛触らないでくれない？　フケが落ちてくるんだよね」

と私は伝えた。すると横澤さんは、申し訳なさそうな表情で微笑みながら
「ごめんなさい！　気をつけるね！　あはっ」

と言った。

「あ、うん、お願いします」

私はクラスの目立つグループの女子たちに重宝されていた。体育の時間や理科の実験の際などに二人組を作らなければいけないとき、私はよく彼女たちのグループに召集された。私は成績が良いわけでも、人気があるわけでもなく、美術部に入っていて、いつも本を読んで過ごしていた。私が彼女たちに重宝されていた理由のひとつは、私が持っている文房具や身につけている下着がこの街で売っていないものだったからだと思う。私の持ち物の多くは、ユミちゃんと一緒に東京で買ったものだった。どこで買ったのか、彼女たちはよくたずねてきた。

学校行事でゴミ処理場を見学しにいったとき、帰りのバスで私の隣に座った佐久間さんは、赤茶色に染めた髪の毛を指でくるくるいじりながら「山下さんって、変わってるよね。地味なのに、ダサくないっていうか。自分がある感じがする。他人のことはどうでもいいって感じ。心の中、ウチらよりヤバそう。あははは」と言った。

二年生に上がった頃から、彼女たちは脚や腕の毛を剃るようになった。なぜ剃るのか私にはわからなかったけれど、私は元々、体毛があまり濃くなかったので佐久間さんたちに羨ましがられた。この頃から横澤さんは、〝毛《け》リラ〟と呼ばれはじめた。毛むくじゃらゴリラ。略して〝毛リラ〟。

私と横澤さんにはそこまで大した違いがないと、当時私は思っていた。清潔感があるか、そうじゃないか。体毛が薄いか、濃いか。それくらいの小さな違いだろう。それどころか、少し似ているとさえ思った。私たちは自分なりにそれぞれ、大切なものがちゃんとある。

そんなある日、学級委員の町田くんが壊れた。それは修学旅行のグループ決めのときだった。

女子三人、男子三人でひとつのグループを作ることになったのだが、私のクラスは三一人だったので、どこかひとつだけ七人のグループになる。

ここでも私は佐久間さんたちに召集され、すんなりと所属するグループが決まった。やはり問題となったのは、横澤さんをどのグループに入れるかだった。三年生に上がった頃から、横澤さんは私たちと一緒に教室で過ごすことはほとんどなくなり、特別支援学級に居ることが多かった。

グループ決めは進展がないまま、五限終了のチャイムが鳴った。クラスメイトたちは、学級委員の町田くんのほうをチラチラ見ていた。確かにいつもこういう場合は、町田くんが横澤さんを引き取る流れになる。しかしこの日、町田くんは譲らなかった。

このままだと、埒があかないので、担任の女の先生が「町田くんのグループはどうかな?」と、明るい空っぽな声で言った。

すると町田くんが、いきなり机を蹴り飛ばした。ものに当たることにも、怒ることにも慣れていない町田くんに蹴られた机は、ゴンッという大きい音がしたわりには、それほど動かなかったし、倒れなかった。サッカー部だったらもう少し上手に蹴れたかもしれないが、町田くんは卓球部だった。

「学級委員は、そこまでしなきゃいけないいんですか？」

それは絞り出すような震えた声だった。そのあとのことは覚えてないが、結局、横澤さんは修学旅行に来なかった。


あっという間に卒業の日が近づいてきた。私は、何かやり残したことがあるような気がしていた。そんな感情になるのは人生で初めてだった。私はノートを一枚破いて、横澤さんに手紙を書いた。そしてそれを彼女の下駄箱へ入れた。

次の日、学校へ行くと私は担任に呼び出された。

「この手紙を書いたのは、山下さんですよね。これは、どういうことですか？」

どうもこうも、手紙に書いたことがすべてで、それ以上も以下もなかった。

「横澤さんと話がしたいので、今日の放課後、教室に来てくれますか？　ということです」

と答えた。すると担任は、

「だから、どういうことなのか聞いているんです！」

と、耳に触るような甲高い声で叫んだ。どうやら怒っているようだった。

私は横澤さんに、謝りたくて手紙を書いた。私は彼女のことを嫌いでも好きでもなかったけれど、彼女にとって私は、彼女のことを鬱陶《うっとう》しく思うクラスメイトたちの一員にすぎなかっただろう。私は生まれて初めて、誰かに対して悪いことをしたという気持ちに襲われていた。卒業が迫ったここ数日は、上手く眠ることができなくなっていた。彼女に謝れば、少しは気持ちが晴れるかもしれないと自分勝手なことを考えた。

結局、放課後の謝罪会は、担任の立ち合いのもとで行われた。この日、私は初めて人を嫌いになった。二度と、この担任には会いたくないなと思った。

電話口で横澤さんはよくしゃべった。私は相槌をうつばかりだった。

中学を卒業したあと、彼女は養護学校へ行き、そこを卒業してからは、地域活動支援センターが運営している作業所で、ジャムやクッキーを作っているという。

「ねえ山下さん、わたし、ずっと謝りたかったことがあったの。あはっ。山下さんの席がわたしの後ろだったこと、覚えてる？」

もちろん覚えていたけれど、私はなんとなく「覚えていない」と答えた。

「そうだよね、覚えてないよね！　あはっ、ごめんね！　あのね、わたし、山下さんの髪の毛がいつもつやつやしていて羨ましくって、いい匂いがして、きれいだなあって思っていたの。そうしたらドキドキしちゃって、うまく話せなくなっちゃったの。だから、失礼なことをしちゃったなって思って、ずっと謝りたかったんだあ」

「あ、全然覚えていないけれど、気にしてないよ」

そのあと、しばらく沈黙が続いた。

「今日はありがとう。突然ごめんね！　あはっ。山下さん、元気でね」

「うん、横澤さんも」

私たちは、電話を切った。

食事を終え自分の部屋に戻り、私は机の中からクリアファイルを取り出した。

このクリアファイルには、うどん屋関係のものを入れている。店長からもらった働く際の心得ノート、雑誌や新聞に店が載ったときの切り抜き、アルバイトの仲間からもらった誕生日カード、常連さんがくれたお土産の包装紙。その中から、吉田さんの娘さんがくれたパン屋のチラシを取り出して眺めた。

私はいつの間にか、吉田さんの娘さんと横澤さんが横に並んで、パンを捏《こ》ねている姿を頭の中で描いていた。それはとてもたのしそうな香ばしい風景だった。

名前

店の奥の食器棚の上は、小さな本棚になっている。そこには店長の、秘密とは言えないような秘密が詰まっている。

店で働きはじめて半年ほど経ったある日、閉店間際に電話が鳴った。片言の日本語をしゃべる男の人からだった。

「もしもし。トムだけど、マスダいる？」

ちなみに店長の名前はマツダさんだ。店長に受話器を渡し、私は洗い物に戻った。こんなに軽快にしゃべる店長の姿を初めて見た。

電話を切ったあと、店長は私に言った。

「このあとふたりお客さんが来るんだけど、遅くなっちゃうから先に帰ってもいいよ」

「わかりました。でも十一時までは働きます。まだ電車、あるし」

「ありがとう。助かるよ」

トムは、閉店後二十分遅れて到着した。勝手に背の高いブロンドの人を想像していたので、私の親戚にいそうな、小さな黒髪のおじさんがあらわれて、ちょっとびっくりした。トムは店に入ると、入り口で出迎えた私に手を差し伸べて握手をし、すぐさま店長のもとまで行き、

「ハイ！　マスダ！　アイミスユー！」

と言って抱きついた。トムの後ろには、ネイビーのスーツがよく似合う、小麦色の肌をした男の人がニコニコしながら立っていた。

トムは店長としばらく会話をたのしんで満足すると、席に着き、今度はネイビースーツと話しはじめた。時計はもう十一時を過ぎていたので、私は結局、注文を取る前に帰ることになった。

次の日、営業が終わり店を閉めると、店長はビールを一杯ご馳走してくれた。私がカウンター席に座ってそれをちびちび飲んでいると、店長は本棚から一冊の写真集を取り出した。

「トムは写真家なんだよ」

その写真集には、さまざまな年齢の男の人が写っていた。パラパラとページをめくっていくと、今よりも少しふっくらした若かりし頃の店長が、ジーパンのポケットに両手を突っ込んで仁王立ちしている写真を見つけた。ピアスをいくつもぶら下げて、タンクトップを着ていて、少しやんちゃそうな雰囲気だった。

「すごい、なんか……カッコつけてて面白いですね」

「若いってすごいよね」

そう言って、店長は他にも何冊か持ってきた。それは二十年ほど前のファッション雑誌だった。適当に一冊選んで手に取って見てみると、街ゆく若者のファッションスナップがたくさん載っているページに店長の姿を見つけた。マツダくん（二〇）と書いてある。写真の右下には小さな文字で「彼女の手作りマフラーが、今日のポイント」と書いてあった。

「え、これってカヤさんが編まれたんですか？」

「いや、それは昔付き合っていたロリータのフミコちゃん」

店長は、本棚の上の一番端っこに置いてあったアルミの箱も持ってきた。開けてみると、そこにはたくさんの手紙が入っていた。それは全部、店長に宛てられたもので、差出人はさまざまだった。昔のファッション雑誌には文通相手を募集するページがあったそうで、店長はなかなかの人気者だったらしい。手紙のひとつひとつに、初々しい緊張感が溢れていた。

「これを書いた人たちも、まさか私みたいな赤の他人に手紙を読まれるなんて思ってもいないでしょうね」

「そうだよね。トムと出会ったのも、この店なんだよ。僕がまだアルバイトだったとき」

高校を卒業したあと、店長はいろんなアルバイトを掛け持ちしていたらしい。カフェの店員、保育所のスタッフ、バーのボーイ。その中のひとつが、このうどん屋だったという。うどんを作るのは上手だけれど、あまりやる気のなかった当時のオーナーは、まだハタチそこそこの若者だった店長に、すぐに店を継がせた。

「店ができて三年目とかに僕がバイトで入るようになって、その二年後には僕が店長」

開店当初からうどん屋に来ていたトムは、店長が店を継いですぐの頃、毎週のようにたくさんのお客さんを連れてきてくれたという。

「なるほど。だからうちの店は同性愛者の方が多いんですね」

サーモンピンク、ベビーピンク、フラミンゴピンク。とにかくいつもピンク色の服を着ているお客さんを、私は〝ピンク坊や〟と心の中で呼んでいる。彼はほのぼのとした日常を描く漫画家だ。大人びた小学生のようなかわいらしい人で、新刊が出るたびにイラストと短いコメントを添えたサイン本を店に寄贈してくれる。彼は、同性愛者として生きる自分の体験を赤裸々に描いた作品でデビューした。

うどんが運ばれてくるまでの間、彼はいつも本を読んで過ごす。彼の読んでいる本をチラッと盗み見するのが私は好きだ。

『シャチの夢』『布団に心があったなら』『クリープは食べ物』

タイトルからは本の内容がまったくわからない。

卵、とろろ、わかめ、岩のり、梅、ゴボ天。それらを全部、肉うどんの上にのせるカップルがいる。おぼんがずっしりと重くなり、どんぶりから出汁が溢《こぼ》れそうで、ふたりの元へうどんを運ぶのは、毎度ひやひやする。

ふたりは数年前までは、女の人と男の人のカップルだった。女の人には、少しずつ髭が生え、体格もがっしりしていき、声も低くなって、いつの間にか男の人になった。

大学生の頃、居酒屋で行われた新入生歓迎会へ顔を出してみたときに「彼氏いるの?」「どれくらい彼氏いないの?」と、席替えをするたびに聞かれた。私だけでなく、いろんな女の人が同じことを聞かれていた。この店で働くようになって、お客さん同士の会話が耳に入ってくるときにも、この質問は決まり文句の挨拶かのように使われている。彼氏の有無が誰かと親しくなる上でそんなに大切なことなのだろうか。確かに、誰かのことを知っていく中で、その人がどんな人と共に生きているのかを知りたくなることはある。いつも親切なお客さんが、その人を上回るくらい思いやりを持った人と来たときなんかは、さすがだなあと感心するし、逆にいつも素敵だなあと思っていたお客さんが、絶望するくらい非常識な人を連れてきたりすると、その人を見る目も変わってしまうような気がする。

「彼氏いるの？　って質問、なんでこんなにポピュラーになってしまったんでしょう。店長は私に聞いたことありませんよね」
「話したかったら自分から話すでしょ。親しいからこそ話せないこともあるしね」

恋愛感情を抱くような相手と出会えることは、もしかしたら幸せなことかもしれないけれど、恋愛感情でなくたって、人は誰かのことをどうしようもないくらい大切に想ったり、焦がれたりすることができると思う。そもそも、それぞれのとってのおきの感情や関係に名前をつけることなんてできるのだろうか。

マルガリータ

笑ったり微笑んだりするのが苦手な私は、店のお客さんから見てあまり感じのいい店員ではないだろう。この店で働くまでに二〇回ほどバイトの面接に落ちた理由も、そういうところのような気がする。嬉しいときもたのしいときも、表情にあまり変化がない。それなのに涙は、出る。それほど悲しくなくても、そこまで申し訳なさを感じていなくてもポロポロと溢れる。スネをぶつけると、誰もが反射的に「うっ」と顔をしかめるように、私の涙はすぐに出る。

その場に居合わせた人は、自分が泣かせてしまったかのような罪悪感を抱くだろうし、私のことを心がとても繊細な人だと勘違いする人もいるだろう。涙の量と心のバロメーターがちぐはぐで、自分でも面倒だなあと思う。嫌なときも、すぐに顔に出る。眉間にシワが寄って、とても不機嫌な表情になり、不貞《ふて》腐《くさ》れているように見えるらしい。

華の金曜日。店は混んでくれないと困るのだが、この日の混みようは異常だった。お酒もたくさん出るし、店の外には常に三組ほどお客さんが待っていた。そしてそれに追い討ちをかけるように、少し面倒な常連のカップルがやってきたのだ。

そのカップルはいつも、白ワインを何杯か頼んで、酢の物をひとつと、うどんをひとつ頼む。何が面倒かと言うと、ワインとうどんを出すタイミングへの指示が、細かいのだ。

あるときは、ワインを先に出す。女性が一杯目を飲み終わる頃にうどんを持っていき、男性が一杯目を飲み終わったら、酢の物を持っていき、酢の物を食べ終わる頃に二杯目を男性に持っていった。

またあるときは、最初にワインを女性に持っていき、それと同じタイミングで男性にうどんを持っていく。女性がワインを飲み終わったら、酢の物と二杯目のワインを持っていき、女性が酢の物を食べ終える少し前に、男性に一杯目のワインを持っていった。

この日、このカップルが来た途端、目眩《めま》いがするような、絶望的な気持ちになった。ワインを持っていき次の注文を聞いている最中、私は無意識のうちに彼らの前でため息をついてしまった。ため息をついたことにすら気づかなかったので、最初はなぜこんなにも怒鳴られているのか、よくわからなかった。そのカップルは結局食事をせずに帰っていった。

気まずさが漂う店内でも、私は黙々とうどんを運び続けた。その様子を見ていたカウンター席に座っていたピンク坊やが「僕、何かできることありますか?」と声をかけてきた。その瞬間、私の目からは涙がボロボロと溢れた。しまったな、と思ったけれど、涙が出ていても、うどんは運べる。しかし、厨房に戻った私の顔を見た店長は「君、泣きやむまでホールに出ないで」と言った。私は厨房で洗い物をしながら涙が出なくなるのを待った。

閉店が迫った頃、ハンチング帽を被った背の高い細身の男性が店に入ってきた。近くでバーを営んでいる恭介さんだ。恭介さんは白くて美しい蛇に似ている。バーの開店前にときどきスーッとやってきてうどんを食べ、スーッと帰っていく。思慮深さが漂いながらもチャーミングな雰囲気がある。恭介さんの小さな瞳は、嬉しいことがあるとパッと光が差し込んで、きらきらとガラス玉のように光る。歳は五十歳くらいだろうか。

「何、君また泣いたわけ？」

真っ赤に腫《は》れた目をした私を見ながら、恭介さんが言った。

「はい、そうです」

そう言いながら、また涙が出てきた私に恭介さんは笑いながら、

「僕、いつもの」

と言った。恭介さんは、いつも梅わかめうどんに岩のりをトッピングする。

店の片づけを終え、私は今日のことを謝ろうと思い店長のところへ挨拶しにいった。すると店長は「よし、今日は恭介さんのところへ行こう」と言った。

一緒にシフトに入っていたユウさんと、三人で夜道を歩いて、店から三分ほどのところにある恭介さんの店へ行った。ふたりは私の前を、最近深夜に放送している韓国ドラマの話をしながら歩いた。私は、とぼとぼついていった。

暗い店内で、私を挟んで三人でカウンターに並んで座った。

「いらっしゃい。さっきはどうも。何にする？」

「僕はビールでお願いします」

「私はモスコミュールにします。きいちゃんはどうする？　いつもの？　あの塩のやつ？」

「あ、はい。マルガリータで」

「君さあ、泣いたんだから水分摂らないと。マルガリータなんてすぐ飲み終わっちゃうんだから、今日はもっとシュワシュワしたものにすれば？　カクテル作ってあげるよ」

恭介さんにそう言われて、私の目からはまた涙が出た。

店長もユウさんも、何事もなかったかのように恭介さんとの会話に花を咲かせていた。私は恭介さんが作ってくれたカクテルをちびちびと飲んだ。オレンジを使った甘いけれどすっきりしたそのカクテルはおいしかったが、次に来るときはやっぱりマルガリータを頼もうと思った。

この日は、店長が奢《おご》ってくれた。終電に間に合うように先に出ようとする私を、店長はバーの外まで見送って、最後にこう言った。

「あのね、僕はお客さんも店員も、どっちが偉いとかはないと思っているんだよ。よくお客さんは神様だと言う人がいるけれど、そんなことはないと思うんだ。ただ、お客さんと同じ場所にいるには、こっちもちゃんと同じ場所に立たなきゃいけないよ。じゃあ、気をつけて帰ってね。また明日」

絆創膏

サヨさんは近所に住んでいる、パワフルなシングルマザーだ。いつもデニムにスニーカーを履いている。背が高く、スラッとした健康的な人だ。化粧っ気はなく、短く切られた黒髪も特にセットされた様子はない。その底抜けな明るさとあっけらかんとした物言いはとても魅力的でまわりの人を惹きつける。

サヨさんには、ふたり子どもがいる。小学六年生の女の子と、小学二年生の男の子だ。長女は手足が長く、腰あたりまで伸びた黒髪が美しい、大人っぽい雰囲気の落ち着いた子だ。長男はくりくりのまあるい大きな目をしていて、どこかうさぎに似ている。誰が見てもかわいいと言わざるを得ないような、愛嬌のある子だ。この姉弟は、サヨさんが仕事で忙しいと、ふたりきりで店に食べにくることもある。

サヨさんは今までにも数人、恋人を連れて店にやってきたことがある。若いけれど頭のてっぺんが薄い、スーツを着た外国人。雑誌で見たことがあるような、やり手社長。ゴツゴツとした腕時計を手首に光らせる人と来たときは、店の前に外車が停まった。華やかな人々が多かった印象だが、どの人とも長続きしていない様子だった。

けれど今回の男の人とは、結構長い。彼は今までの男の人たちとはだいぶ違う。白いTシャツに、ダメージ加工が施されているデニムを穿いているので、どちらかと言えばワイルドな格好なのだが、ちょっと頼りなさそうな人なのだ。いつもぼーっとしていて、声がとても小さく、ふわふわしている髪の毛は、無造作に伸びている。

はじめの頃はサヨさんとふたりきりで店に来ていたが、いつからか子どもたちも一緒に来るようになった。今じゃサヨさんは抜きで三人で来ることがほとんどだ。

子どもたちが注文をし、彼は出てきたものを文句を言わずに食べる。彼が自分から話を振るところを見たことはない。子どもたちのご機嫌を取ろうとも、面倒をみようともしない。しかし、なんだか三人は居心地がよさそうで、いい雰囲気だ。お姉ちゃんはいつも大人が読むような小説を読んでいて、弟は宿題をテーブルの上に広げ、食事の前に済まそうと奮闘し、その光景を彼は何もせずにただ見ている。

姉弟が別々に、彼と来ることもある。お姉ちゃんは、彼とふたりきりだとよくしゃべる。彼女の話に耳を傾けながら、彼はうどんを不器用に啜る。テーブルの上がびしゃびしゃになったのを、お姉ちゃんがちょっと面白がって注意する。

弟と一緒に来るときは、ふたりして持ってきた漫画を読んでいる。無言で物語に没入する姿は、まるで少年がふたりいるようで、ものすごくたのしそうに見える。

最近、彼はひとりでも店に来るようになった。食事の間、スマートフォンでずっとアニメを観ている。いつも以上にテーブルの上はびしょびしょだ。

そんなある日、彼がひとりでやってきたので、いつものようにカウンター席に案内すると、なかなか座ろうとせず、もごもごしながらこう言った。

「あの、えっと、うどんって持ち帰りってできますか?」

聞いてみると、サヨさんがインフルエンザにかかってしまい、お姉ちゃんと弟はおばあちゃんの家に避難しているという。

「大根がインフルエンザに効くって聞いたことありますよ。おろしてうどんに入れてあげたらいいいんじゃないですか？」

と私が言うと、

「はあ。あの、えっと、大根おろしってどうやって作るんですか？」

と彼が言ったので、おろした大根をラップで包んで、持たせてあげた。

彼を見送り、厨房へ戻ると、

「確かに大根は予防には効くけど、インフルにかかってしまってからじゃ遅いかもね」

と店長は言った。

それから一週間後、サヨさんたちは久しぶりに四人揃って店にやってきた。

帰り際、会計をしているサヨさんにお姉ちゃんが言った。

「あ、お母さん。絆創膏《ばんそうこう》、買って帰らなきゃ。ヨシくん、大根おろすの下手っぴで、全部使っちゃったから」

土曜家族

今日はノリちゃんが店の花瓶に花を生けにくる日だ。花を生けるといっても、枝もののことが多い。花びらが散るもの、花粉が多いもの、匂いが強いものは飲食店には向いていない。

はちみつ色に染めた髪の毛をベリーショートにしているノリちゃんは、赤い自転車に乗って、月に一度のペースでやってくる。この日、古新聞紙に包まれていたのは、蕾《つぼみ》をつけた桜だった。

慣れた手つきで桜を生けながら、ノリちゃんが言った。

「この間、そこの大学病院に健康診断に行ったんだけど、ここで働いている子を見かけたよ」

「ああ、ゆず子さんですね。彼女、普段は看護師なんですよ」

ゆず子さんは、もともとこの店の常連客だった。いつもひとりでやってきて、カウンター席に座り、よく飲み、よく食べる。その表情はどんな言葉よりも雄弁においしさを語るので、すごく嬉しい気持ちになる。耳たぶにぶら下がった控えめにきらきら光るピアスは、氷の粒を固めたみたいな涼しい感じがした。袖がひらひらと揺れるブラウスは、紫の薄い生地が幾重にも重なっていて、まるで夜空に流れる雲のようだった。

ある日の営業中、お客さんの波が少し引いたので、私はカウンター席の隅に座ってまかないを食べていた。この日は常連さんがお土産でくださったゆずの絞り汁を、とろみのついたきのこのうどんにかけて食べた。すると、二席隣に座って日本酒を飲んでいた女の人が、

「わあ、おいしそう。同じものをください」

と言った。

出来上がったうどんを彼女のもとへ運ぶと、

「あの、そのゆずの絞り汁、私もいただくことってできますか？　ゆずが世界でいちばん好きなんです」

私はゆずの絞り汁が入った瓶を彼女に渡した。

すると彼女は、
「このゆずの瓶、私、買いたいです。キープさせていただけますか？」
と言った。

それから店長は、ゆずの絞り汁を常備するようになった。彼女が店に来ると、最初の飲み物と一緒にそれを出す。すると彼女は、ほとんどすべての飲み物と食べ物に、ゆずの絞り汁をかけた。ビール、ハイボール、焼酎のお湯割り、だし巻き卵、春菊のサラダ、お浸し、そしてうどん。

そんなこんなで彼女と私たちの距離はいつの間にか近づき、彼女は、以前からずっと働いていたかのように、自然な流れでこの店の一員になった。〝ゆず子さん〟というのは店長がつけたあだ名だ。

ゆず子さんがこの店で働くのは、夜勤明けの日が多かった。夕方の四時から翌朝の九時頃まで病院で働き、それが終わるとそのままショッピングや美術館に出かけ、ついでにレストランなんかで食事をし、夕方に一度家に帰って仮眠をとってから、うどん屋に出勤する。そして、その足で飲み歩く。

生まれて初めて六本木のバーへ連れていってくれたのは、ゆず子さんだ。ミラーボールがギラギラ輝く派手な空間に、目が回りクラクラした。

ゆず子さんはお酒が好きだが、すぐに赤くなる。火照った頬を水が入ったグラスで冷やすゆず子さんに、ミラーボールの反射した光が降り注いで、きれいだなと思った。

「看護師ってどんな人が向いているんですか?」

「飲みに出かけたり、服を買ったり、アイドルを追っかけていたり……そういう何か発散できるものを持っている人が多いかも。あとシングルマザーも多いよ。まあ、少しくらい適当な人のほうが続くかもね」

その話を聞いて私は、長い髪の毛をいつもひとつにピシッとまとめているお客さんのことを思い出した。

彼女はいつも、ワンピースを着て店にやってくる。アンティークのビーズのようなものが散りばめられていたり、ていねいに動物の柄が刺繍されていたり、パッチワークが施されたりと、凝った作りのワンピースばかりだ。

ある土曜の昼のことだった。ワンピースの彼女が食事を終え店を出ようとしたとき、ソファ席で食事をしていた子連れ家族のお母さんが、彼女に声をかけた。

それは〝土曜家族〟と私が勝手に名づけている、五人家族のお母さんだった。ピンク色に髪を染めているお母さんと金髪のお父さん、そしてふたつずつ歳の離れた子どもが三人。一番下の子は、半年くらい前に産まれたばかりだ。お父さんとお母さんの派手な見た目や、子どもたちの着ているごちゃごちゃした服装からは想像つかないくらい、落ち着いた雰囲気の家族だ。

食事を終えた〝土曜家族〟が帰りの支度をはじめたので、私はベビーカーが通りやすいように、入り口の扉を開けにいった。

「先ほどのお客様と、お知り合いなんですか?」

「そこの病院の助産師さんなんです。うちの子、三人ともあの方に取り上げてもらったんです」

実は〝土曜家族〟はもうひと組いる。その日の夜、久しぶりにやってきた

〝元祖・土曜家族〟は、いつもよりひとり少ない五人での来店だった。おばあさん、お母さん、お父さん、そして大学生くらいの女の子がふたり。いつも一緒のおじいさんが揃わないまま食事を終えると、お母さんが会計をしにレジまでやってきた。相談したいことがあるというので、私は店長を呼んだ。

お母さんの頼みというのは、もうすぐ行われる四十九日の法要のあと、ここで家族で食事をしたいというものだった。先日、おじいさんが亡くなったそうだ。喪服のまま店に来て迷惑じゃないかと心配するお母さんに「もちろんどうぞ。では、その日は貸し切りにしますので、好きなものを思う存分食べていってください」と店長は言った。

二週間後の土曜日、約束通りの時間に〝元祖・土曜家族〟がやってきた。テーブルの様子を見ながら次々と料理を出す。酢の物、春菊のサラダ、だし巻き卵、鶏肉を焼いたもの。うどんは、おじいさんのお気に入りだった、しょうがのたっぷり入った小松菜うどん。デザートにはバニラアイスクリームを用意した。これは毎度必ずおじいさんが頼んでいたものだ。

その日のまかないは、私たちも小松菜のうどんを食べた。店長は特別にバニラアイスクリームもつけてくれた。バニラの香りは、おじいさんが昔、そっと言ったひとことを思い出させた。

「うどんはいいね。具合が悪くても、飲みすぎたときも、赤ん坊だって食べられる」

ツウ

毎週のようにやってくる家族がいる。小学五年生くらいの男の子と、小学三年生くらいの妹、そしてお母さんの三人。眼鏡をかけたお兄ちゃんは、いつもちょっと不機嫌で口数が少ない。妹はお兄ちゃんの行動に何かと文句をつける。少しぽっちゃりとしたお母さんはそんなふたりをいつも注意している。

ある夜、その家族はいつものように、お母さんはかけうどん、子どもふたりはざるうどんを注文し、入り口近くのテーブルを囲んでいた。

三人がうどんを食べはじめたちょうどそのとき、お兄ちゃんの同級生だと思われる少年たちがやってきた。その中のひとりは、幼い頃からうちの店にきている子だ。彼はお兄ちゃんのおぼんの上を覗くなり「おまえ、ざるうどんかよ。しょぼいなあ」と言った。そして店の真ん中にあるいちばん広いテーブル席に座り、他のふたりの友達と一緒に、母親たちがやってくるのを大きな声でしゃべりながら待っていた。彼はこの日も、うちの店でいちばん高い、牛肉の入ったうどんを注文した。

うちの店でいちばん安いのはかけうどんで、二番目に安いのはざるうどんだ。かけうどんは、とてもシンプルな、目的地のない贅沢な旅のようだ。細かく刻んだ青ネギと、薄く切ったかまぼこが二枚のっている。いりこと昆布で取った透明な出汁は、深い味わいなのにさっぱりしていて、ほとんどのお客さんが全部飲み干して帰っていく。小さな別皿には、白ゴマとおろした生姜が添えてある。白ゴマは温かい出汁に触れた途端、ふわっと香ばしい匂いを立ち上げる。途中で生姜を投入すると、味がキリッと変化する。少量でこんなにも風味が変わるのかと毎回びっくりする。薬味は飾りなんかじゃなく、かけうどんの主役と言ってもいいくらいだ。

ざるうどんは、常連さんからの人気が高い。肉うどんや梅わかめうどん、冷やし月見とろろうどんなど、いろんなうどんを巡りにめぐって、最後はざるうどんに落ち着く人も多い。お酒とつまみをひと通りたのしんだあと、ざるうどんで締める人もいる。きゅっと引き締まった冷たい麺につけ汁をからめ、ちゅるちゅるといただく。昆布と鰹節から取った冷たい出汁は、味がついているのが信じられないくらい透き通った、やさしい海のスープだ。

営業が終わり、私は後片づけをしながら、馬鹿にされたざるうどんの話を店長にした。店長は厨房の床をブラシでゴシゴシこすりながら「ツウは、かけかざるだから」とポツリと言った。

それからも例の家族は毎週のように三人でやってきたのだけれど、子どもたちは卵の入ったうどんを頼むようになった。


ざるうどんを馬鹿にした男の子は、お母さんとふたりで来ることが多い。うどんができるまでは、塾の宿題をしたり、詰将棋の本を開いたりしてお利口にしている。ときたまお父さんと来るときは、ゲームをしたり、さっき買ってもらったばかりであろう漫画を読んだりしている。大人しくて賢そうな印象だが、たまに友達と一緒だといつもの面影がないくらいテンションが高く、グループの中心人物という雰囲気だ。

そんな彼は小学校にあがってしばらく経った頃、うちの店のトイレの水道の蛇口にトイレットペーパーを詰めたことがある。彼の犯行現場を直接見たわけではないのだけれど、何度かトイレが水浸しになり、それがいつも彼が帰ったあとのことだった。「絶対、犯人は彼ですよ」と店長に言うと「彼にも、いろいろあるんじゃない？　しばらく様子を見よう」と言われた。それからしばらくは、彼がトイレから出た直後に蛇口を確認するようにしたのだが、一度も水漏れは起きておらず、今日に至る。

子どもの生きる世界は、とても大きくてちっぽけだ。そのことに私が気づけたのは、いくつのときだったか。眼鏡のお兄ちゃんが詰襟《つめえり》を着ている姿を、私は想像してみた。その頃には、舌の上を滑っていくざるうどんの味が、おいしいものになっているだろうか。

石鹸とザラメ

夕方、厨房に石鹸の甘い匂いが立ち込めた。上の階に住むお姉さんが、お風呂に入っているのだろう。花の香りを模した人工的な匂いを思いきり吸い込むと頭がくらっとした。タクシーが来るのを待つお姉さんと、店の前で何度かすれ違ったことがある。身体のラインを強調させるタイトなワンピース、つけまつ毛をきれいに瞼にのせて、ブランド物の小さなハンドバッグをぶら下げた華奢な人だった。今日もこれから出勤だろうか。「いってらっしゃい」と私は心の中で呟いてみた。

ぼんやり黄色く光るお揚げが上にのっているのは、甘きつねうどんだ。ぷわんぷわんと分厚く膨らんだお揚げを、口に運ぼうと箸で摑んだその瞬間、甘い汁がじゅわんと溢れ出る。どちらかと言えばしょっぱい出汁と甘いお揚げを交互に口に含むと、永遠にうどんを啜れそうな気持ちになっていく。お揚げはザラメで煮込む。アイスコーヒーを凍らせたような、香ばしい色をしたザラメが、熱に溶かされ透き通り、お揚げに染み込んでいく。焦げてしまう少し前に、きらきらつやつやにドレスアップされたお揚げを救出する。甘い匂いが店に漂いはじめると、甘きつねうどんの注文が増える。匂いに釣られる、とはよくできた言葉だなと思う。

何年か前まで、店長は店の上に住んでいた。閉店の一時間前、石鹸の匂いが排水口をつたって厨房を満たすたび、あと少し頑張ろうと背中を押された。店長の妻であるカヤさんがお風呂に入っているんだなと思うと、ささやかなご褒美をもらっているような気分になった。疲れてだんだんと余裕がなくなってくる時間に嗅ぐ石鹸の匂いは、店長とカヤさんを見えない何かで繋ぐような、そんな特別なやさしいものだった。

店長からも、カヤさんが使っている石鹸と同じ匂いがうっすらする。誰かに惹かれるとき、その理由のひとつにきっと匂いがあると思う。私はずっと、誰かの匂いを探し続ける旅をしていると感じるときがある。いつかその匂いと出会うことができたら、一緒に生きていくこともあるのだろうか。そして私もいつの間にか、その人と同じ匂いになっていたりするのだろうか。

東京の生活

それは私が店で働きはじめて二カ月ほど経った頃のことだった。秋がすぐそこまでやってきているのに、焦らすようになかなか温度を下げてくれない夏が続いていた。夕方、私は夜営業の準備のため、テーブルを拭いたり、箸を並べたりと、忙しくしていた。店長は、四軒先にあるよろず屋まで、紫蘇《しそ》の葉を買いに走っていった。

そのよろず屋は、東京の、しかも都会のど真ん中にしては珍しい店だ。いつも半分ほど閉まっているシャッター。それをくぐると車が二台停められるくらいの駐車場のようなスペースになっている。打ちっぱなしのコンクリートでできたその空間には、机や段ボール箱がいくつか出ていて、その上にはカップラーメン、せんべい、チョコレート、台所用洗剤、歯ブラシ、マジックペンなど、いろんな商品がゴチャッと置かれている。

一応、店にはショーケースのような冷蔵庫がひとつあって、その中にはパックに入った惣菜が六種類くらい並んでいる。誰が作ったのかわからない茶色い惣菜たちは、近所に住むお年寄りたちに需要があるらしい。ショーケースの中には他にも、ラップでぐるぐる巻きにされたキュウリやトマトなどの野菜が入っている。紙パックに入った牛乳や紙箱に入ったバターも、なぜかラップに巻かれた姿でショーケースの中でたたずんでいる。地面に直接置いてある薄黄色の桶の中には、いつから漬かっているのかわからない大根の漬物が入っている。

開店時間の直前や営業中に足りない食材に気がついたとき、私たちはここへ駆け込む。乱雑な店内から、目当ての商品を探すなんてことはしない。いつもテレビを観ている、店番のおじいさん。彼にほしいものを伝えると、パッと持ってきてくれ、物凄い速さでそろばんを弾く。

十秒ほどで到着するこの店との相性は、五分五分だ。三回に二回、お目当てのものが置いてあればいいほうで、ない場合は横断歩道を渡った先にあるスーパーマーケットにエプロン姿のまま走る。

よろず屋から戻ってきた店長は、

「きいちゃん！　きいちゃん！」

と跳ねるような声で私を呼んだ。

「あ、紫蘇、あったんですか？　今日の運、使っちゃいましたね」

「紫蘇もあったんだけど、外で君の好きな人が待ってるよ。早く暖簾をかけておいで」

急いで扉を開けると、店の前に置いてある灰皿の前で、小さな老人がタバコをふかしていた。ちょこんと頭にのったサマーニット帽に白髪をきちんとしまい、空いているほうの手をズボンのポケットに入れている。墨を水で薄めたような色をした薄手の長袖。黒色の太めのズボンを穿き、同じ色をしたベストを羽織っている。

「こんばんは。お待たせしました。すぐ開けますね」

「ゆっくりで結構。吸い終わってから中に入るから」

私は暖簾を出し、看板を営業中に掛け替え、店の中に戻った。心臓がものすごい速さで鳴っていた。興奮して身体が軋《きし》んだ。

店で働きはじめてすぐの頃、営業終わりに店長が聞いてきた。

「きいちゃんって、好きなミュージシャンとか芸能人とかいるの？」

「あ、はい。金子祐が好きです」

「あら、本当。金子さん、うちの常連さんだよ。すぐに会えるね。それにしても渋いの聴くんだねえ」

私が金子祐の音楽と出会ったのは、高校一年の夏のことだった。中学時代は本を読んでばかりいたのに、高校へ入ってからは映画ばかり観るようになった。高校の近くに少し前の作品を流す映画館があって、そこへ足繁く通った。学生は、二本立てで一〇〇〇円だった。

ある日、そこで恋愛映画を観た。それは日本の映画で、同じ大学に通うふたりのよくある青春ものだった。物語の終盤、青い車に乗って海へ向かうシーンで、カーステレオから流れてきた音楽が私は気になって仕方なかった。もごもごとした歌声は、まるでお経のように淡々としていて、歌詞が非常に聞き取りにくかった。正しい音程があるのかどうかもわからない、ロックともフォークとも呼べそうなその曲を、ふたりは口ずさんでいた。映画が終わりエンドロールを眺めていると「〈劇中歌〉東京の生活／シー・ズー」とあった。

家に帰ってインターネットで調べてみると「シー・ズー」というのは、私の母がまだ小学生だった頃に結成された日本のバンドだった。「東京の生活」の作詞をし、歌っていたのは、当時大学生の金子祐だった。「シー・ズー」には熱心なファンがついていたものの、そこまで注目を浴びずに二年ほどで解散したらしい。金子祐はその後、さまざまなアーティストに楽曲を提供し、それらは大ヒット。彼は成功を収めたが、六十歳を過ぎた頃から再び、「シー・ズー」時代の曲も含め、自分で歌うようになった。それを期に「シー・ズー」は再評価され、数年前、ちょっとしたブームにもなったらしい。私は彼の書く感情を描かない歌詞と、その歌詞を包む気だるい雰囲気が気に入った。


金子祐は、とにかく〝待つ人〟だった。すいていようが混んでいようが、こちらが声をかけるまで店には入ってこないで、外でタバコを吸っている。注文をする際も、手を挙げて店員を呼んだりせず、こちらが来るまでひたすら待つ。

金子祐はお揚げがとても好きで、きつねうどんをいつも頼む。うちの店にはお揚げを使った料理がいくつかあるが、よく食べる日はそういった一品料理も注文した。

低くてやさしい陽気な声は、どんなに店が騒がしくてもポーンと深く響き、厨房にいる私たちの元までそっと届く。金子祐の声を、マイクや電波を通さず聴けることに、私はいちいち感動した。

夜、仕事を終えて帰路につくとき、毎日ではないけれど、ふとここで働いていることにうれしくなって、駆け出したくなるときがある。いつもと変わらないはずなのに、店を出たときに吸った空気が透き通っているように感じる。そういうとき、私は街の音に耳をすませる。電話をしながら歩く人の声。カップルの賑やかなおしゃべり。飲食店の店先でお客さんを見送る店員の挨拶。コンビニの入り口が開いたことを知らせる電子音。信号が青に変わり、車が一斉に走り出すエンジンの音。溢れる音に溺れ、自分の身体の輪郭がふにゃふにゃと溶けていく瞬間、この街の音のひとつになったような気がして、心が満たされていく。

電車に乗り、窓の外を見ようとすると、夜の街が窓枠でふちどられて、まるで黒い絵画のようだ。車窓に写る自分の姿を眺めながら、私はイヤフォンをつける。ネオンが輝く東京の街が、いつも通り、私を通り過ぎていく。

『東京の生活』　シー・ズー

青山には何もない。
赤坂にだって何もない。
代官山にも何もない。
谷中には何かがあるようだが、
やっぱりそこにも何もない。
僕は今日もタバコを吸う。
古本屋では何も買わなかった。
僕は今日もウイスキー。
これが僕の東京の生活。
明日もこれが僕の生活。

エンジェルリング

店では、よく文字を書く。

週のはじめには外の立て看板に今週の定休日を書く。毎朝、店の中の黒板に、日替わりの炊き込みごはんの具材を書く。注文表を記入して厨房にいる店長に見せたり、領収書にお客さんの名前を書いたりする。壁にかけてある手書きのメニュー、貼りっぱなしのアルバイト募集のチラシ、厨房に置いてあるドリンクの作り方の指示書、年末の大掃除の順序を書いたチェック表……。それらは歴代のアルバイトの先輩たちが書き残していったものだったり、私が書いたものだったり、店長が書いたものだったりする。

うちの店には〝辞める〟という概念がない。私のように、この店での稼ぎが主な収入源という人はほとんどおらず、他に仕事を持っていたり、子育てをしながらパートのようなかたちで働いたりしている。本業が忙しくなって働くことがむずかしくなった人たちも、二年に一度くらいは一緒に働くし、転勤などで働けなくなった人たちも、東京に来るたびに顔を出し、何かしら手伝っていく。

店を見渡すと、いろんな文字たちと目が合う。誰が書いた文字なのか、私はだいたい見分けることができる。

「この店で働いている人って、みなさん字が上手ですよね」

「言われてみれば、そうだね。きいちゃんも、上手だよね」

「もしかして私がアルバイトに受かった理由って、それですか?」

「いや、違うよ。きいちゃんは卵焼き」

「へ?」

「卵焼きをね、最高な食べ方していたから」

初めてユミちゃんにこの店に連れてきてもらったとき、だし巻き卵を食べた。大きなだし巻き卵は、八等分にされていたので四切れずつ分け合って食べた。最初の一切れは、そのまま食べた。じゅわっと出汁の甘味が口の中に広がった。

二切れ目は、だし醤油を二滴たらして食べた。さっきとはまた違った甘みが引き出されたような気がした。三切れ目は大根おろしをのせ、醤油を一滴たらしてみた。ふんわりとした大根おろしが舌の上で溶けて、味覚がリセットされていくようだった。最後は醤油と大根おろしをのせ、それを紫蘇の葉で包んだ。

私はとんかつを食べるときも、一切れずつ、口に運ぶ直前にレモンを絞り、ソースをかける。サクサクとした食感を、少しでも失わずに食べたいからだ。忙《せわ》しなく手を動かす私を見かねた母が「お皿にソースを出して、つけながら食べたら？」と提案してきたことがあったけれど、お皿が汚れるのが嫌だったので断った。

「きいちゃんはまかないを食べるときも、その一杯をいかにおいしく食べるのかに全力を尽くすよね。食べ終わったどんぶりも、いつもぴかぴかだし」

「そうですか？　気にしたことがなかったです」

そんな理由でアルバイトに受かっていただなんて、ちょっと驚いた。

ビールを飲むときに、エンジェルリングを上手く作る常連さんがふたりいる。

ビールは空気に触れると風味を損なう飲み物だ。泡がそれを防ぐ役割を果たすので、泡を残しながらビールを飲むといい。その際、飲み口を変えずに上手に飲むと、泡の跡が木の年輪のようにグラスに残る。これをエンジェルリングと呼ぶ。

ひとりは平日のお昼に奥さんと一緒にやってきて、いつも必ずビールを注文する男の人だ。一定のスピードでビールを飲むので、エンジェルリングも等間隔でグラスに残る。美しく見惚れてしまう。

もうひとりの常連さんは、夜にいつもひとりでやってくるサラリーマンだ。ひと口飲むごとに、くうーっ！　と唸る。その喉から出る声がわざとらしくなく、うるさくもなく、ちょうどいいのだ。彼がビールを口に含むと、くうーっ！　の音をこっそり待っている自分がいる。

おぼんの上にその人があらわれるように、食事を前にしての振る舞いは、どんな履歴書や面接よりも、その人のことを語るのかもしれない。瞬く間に過ぎ去るおいしい瞬間を逃がさない人は、他人の機微に気づける人かもしれない。おいしいものをさらにおいしくしようと努力する人は、一生懸命に取り組むことのたのしさを知っている人なのかもしれない。

お客さんが店にやってきて、うどんを食べて帰っていく。その一瞬の繰り返しの中で、私はたくさんの人に、感謝したり同情したりむかついたり反省したりする。食という欲望の中に収まり切らずに見え隠れする、人の中身をチュウチュウ吸いながら、今日も私はお金を稼ぐ。

本書は書き下ろしです。

前田エマ（まえだ・えま）
一九九二年神奈川県生まれ。東京造形大学卒業。モデル、写真、ペインティング、ラジオパーソナリティなど、活動は多岐にわたり、エッセイやコラムの執筆も多数おこなっている。本書が初の小説集となる。

動物になる日
二〇二二年六月十一日　初版第一刷発行
著者＝前田エマ
発行者＝三島邦弘　発行所＝ちいさいミシマ社　〒六〇二-〇八六一　京都市上京区新烏丸頭町一六四-三　電話＝〇七五・七四六・三四三八　FAX＝〇七五・七四六・三四三九　e-mail＝hatena@mishimasha.com　URL＝http://www.mishimasha.com/　振替＝〇〇一六〇・一・三七二九七六
装丁＝脇田あすか　装画・挿画＝大杉祥子　印刷・製本＝株式会社シナノ
組版＝有限会社エヴリ・シンク

ISBN　978-4-909394-68-2